F. H. Achermann

Der Schatz des Pfahlbauers

**Roman
aus den Wildnissen der Bronzezeit**

Neu bearbeitet und herausgegeben von

Carl Stoll

Bibliografische Information der Deutschen Nationalbibliothek:
Die Deutsche Nationalbibliothek verzeichnet diese Publikation in der Deutschen Nationalbibliografie; detaillierte bibliografische Daten sind im Internet über http://dnb.dnb.de abrufbar.

© 2017 Carl Stoll

Herstellung und Verlag: BoD – Books on Demand, Norderstedt

ISBN: 978-3-7431-5386-8

Inhalt

Vorwort des Herausgebers 7
Drei Halunken 9
Ein dämonischer Plan 18
Das Metall des Todes 33
Der schleichende Tod 68
Die Blume vom Jurasee 84
Eine Menschenjagd 94
Auf der Bärenfährte 105
Das Mal der Schmach 111
Die Rache des Verschmähten 131
Im Banne des Goldes 138
Ein Wiedersehen 168
Die Goldsucher 174
Um den Goldschatz 181
Gold für Wasser 196
Die Vernichtung des Dämons - Ein Fund von 1906 205

Vorwort des Herausgebers

Ich erinnere mich noch gut daran, als ich das erste Mal den Namen des Autors F.H. Achermann hörte. Damals war ich gerade in meiner Karl May-Phase und verschlang nicht nur dessen große Romane aus dem Wilden Westen, sondern genauso seine Geschichten zum Orient und anderen Regionen.

Damals erzählte mir mein Vater, dass er in seiner Jugend zwar auch Karl May gelesen habe, es da aber noch einen anderen Autor gegeben habe, den er und seine Freunde damals in noch höheren Ehren gehalten hatten: Franz Heinrich (kurz: F.H.) Achermann. Dieser habe einige spannende Romane aus der Urzeit des Landes geschrieben, welche er und seine Freunde, aber teils auch schon deren Eltern jedem Buch von Karl May vorgezogen hatten.

Leider waren die Bücher damals nur antiquarisch in den alten Ausgaben aus der ersten Jahrhunderthälfte greifbar und so steckte ich mich erst ein paar Jahre später mit dem Achermann-Virus an, als der Walter-Verlag einige der alten Werke verdankenswerterweise neu auflegte, darunter auch den Schatz des Pfahlbauers. Begeistert von diesen Werken, lernte ich schließlich auch die Frakturschrift zu lesen, um auch die weiteren Werke Achermanns zu genießen, und begann meine Sammlung seiner Romane.

Inzwischen existiert der Walter-Verlag nicht mehr, seine "Neuauflage" ist längst auch höchstens antiquarisch lieferbar und so habe ich mich entschlossen, die Werke meiner Sammlung, sanft an moderne Schreibweisen und Grammatik angepasst, neu herauszugeben und so sowohl "alten Liebhabern" wie auch einer neuen Generation von Achermann-Lesern eine Freude zu machen.

Viel Spaß mit diesem wundervollen Werk von F.H. Achermann,

Der Herausgeber

Drei Halunken

Auf dem Wurzelwerk eines Urwaldriesen, auf paradiesischer Anhöhe, kauern zwei Halunken. Ihre Waffen sind von minoischer Schönheit. Mit gespannten Mienen spähen sie hinab auf den groben Jurasee. Ein schlanker Einbaum zieht langsam und feierlich seine Furche durch die glitzernde Flut. Er scheint nach dem einsamen Pfahldorfe dort in der windstillen Bucht steuern zu wollen. Ein warmer Föhnwind rückt die ungeschlachten Häupter der cheluetischen Alpen in greifbare Nähe, rauscht durch die Kronen des Urwaldes und erzählt der unbeholfenen Barbareneiche raunend und flüsternd ein Märchen aus dem Lande des ewigen Frühlings.
Die zwei werden ungeduldig:
„Er kommt nicht, der verfluchte Grieche!", knirscht der eine und richtet sich auf, lang und hager. Schwarze Locken ringeln sich wie Schlangen unter dem seidenen Kopftuche hervor, und sein dunkles Auge scheint gleich der Ringelnatter ihr Opfer bannen zu können; die kühn geschwungene Habichtsnase aber verrät die Absicht, das spitz vorgeschobene Kinn anhacken zu wollen.
Es ist Hiram, der Händler vom Lande des Libanon!
Sein Gefährte hingegen zeigt ein wahres Stierengesicht; die niedrige, fliehende Stirn, die glotzenden Augen und der breite Ansatz der Nasenwurzel harmonieren trefflich mit den wulstigen Lippen, den massiven Backenknochen und den weitausholenden Ohren .... kurz: Bei diesem Gesicht vermisst man eigentlich nur die abstrebenden Hörner, um das Bild eines Dä-

mons der grausamsten Sinnlichkeit vervollständigen zu können!

„Die Sonne geht auf Mittag, Lydon!", fährt der Lange weiter fort. „Hm, hm!"

„Was meinst du, Hiram, was scheint dir verdächtig?", fragt der stiernackige Etrusker.

„Wie nun", entgegnet Hiram, „wie nun, Lydon, wenn Panides uns betrügen wollte?"

„Wie? Wie betrügen?"

„Indem er den Handel mit dem Barbarenhäuptling für sich selbst abschließt."

„Bei allen heiligen Dämonen! Erwürgen würd' ich ihn, den glatten Griechen!"

„Erst müsstest du ihn haben, den Vogel, bevor du ihn rupfen könntest! Panides ist gewandt wie ein Wiesel und vorsichtig wie die Elster! Du würdest ihm kaum etwas beweisen können!"

„Wir würden doch bemerken, dass sein Fellvorrat gestiegen ist — dort steht ja sein Lastpferd bei den unsrigen!"

„Aber wie nun, wenn es dem zungenfertigen Griechen gelänge, bei Halweh die farbigen Glasperlen gegen Gold zu verhandeln?"

„Beim Heiligsten aller Teufel!", keucht Lydon mit geballten Fäusten. „Hiram! Wir müssen uns vorsehen! Wir zwei müssen zusammenhalten gegen das hübsche Raubtier! Schon lange wollte ich dir das sagen!"

„Hm! Lydon! Du hast mir aus der Seele gesprochen! Ja, wir zwei müssen zusammenhalten gegen den feinzüngigen Griechen und, wenn möglich, so viel wie möglich aus ihm herausholen!"

„Wie ... wie meinst du das?"

„Ich meine es so, Lydon: Wirst du nach dieser Reise noch oft zu den Barbaren des Nordens gehen?"

„Die Dämonen sollen mich fressen, wenn ich mich nochmals in diese Geisternacht des Urwaldes vergrabe! Seitdem die Bären der Seehütten den Wert des Goldes kennen, lohnen sich die Strapazen dieser Handelsfahrten für uns nicht mehr! Kaum noch für Anfänger! Sieh her: Für dieses Halsband aus phönizischen Glasperlen hätte ich vor einem Knabenalter noch fünf Biber oder zwölf Marder mit gelbem Kehlfleck eingehandelt! Heute verlangen die Schufte Gold und Goldschmuck. Und ihr eigenes Waschgold tauschen sie nur noch gegen die Kostbarkeiten der Meerfahrt.   Sie sind uns über die Köpfe gewachsen, die Urstiere des cheluetischen Waldes!"

„Gut, Lydon! Und nun: Du weißt, wir drei haben geschworen, uns in Not und Gefahr beizustehen.
Hat dieser Schwur noch einen Zweck, wenn das Gegenteil uns ... uns zwei Nutzen bringt?"

„Nein! Aber ich verstehe dich nicht!"

„Du wirst mich bald genug begreifen! Glaubst du, dass Panides den Schwur halten würde, wenn ihm das Gegenteil Gewinn böte?"

„Der? Den Dämonen würde er uns ausliefern, wenn er dafür ein einziges Tauschringlein bekäme!"

„Nun gut! So wollen wir hoffen, dass ihm das Geschäft mit Helweh gelingt und dass er ihm noch sein Waschgold abschwatzt, der zungenfertige Grieche, oder dass vielleicht wiederum ein hübsches Mädchen aus Narrheit für den lieblichen Teufel ihren Stamm bestiehlt!"

„Das war ein Streich, damals am Turachersee ... aber jetzt! Glaubst du, dass der schöne Knabe mit uns teilen würde?"

„Nein! Aber wir mit ihm!"

„Ah, du meinst ...?"
„Dass Panides im Urwalde sein Grab finden wird und wir sein Gold!"
„Hiram! Reich mir die Bruderhand! Wir töten ihn, den schöngelockten Dämon! Dann teilen wir redlich!"
Der „schöngelockte Dämon" aber kauert dort hinter dem Rotholunderstrauche und seine großen Griechenaugen blicken wie unergründliche Meerestiefe nach den beiden Genossen.
Wahrhaftig! Ein schöneres Antlitz hat noch kein Künstler im Geiste geschaut: alles in diesem herrlichen Profil ist Harmonie, sein ganzes Mienenspiel bewegt sich in Marmorlinien und die Lockenwellen seines Haares bilden zur Marmorblässe des Gesichtes einen sinnlich-schönen Gegensatz.
Mit vorgeschobenem Kinn lauscht der Verborgene den Plänen seiner beiden Geschäftsfreunde. Aber weder Furcht noch Zorn steht in seinem Antlitz geschrieben: Ein feines Lächeln umkräuselt die Mundwinkel, und seine Fäuste stemmen sich behaglich in die Seite wie bei einem Ringkämpfer, der die Waffengänge spielender Kinder verfolgt.
Der lange Hiram aber hat einen praktischen Einfall:
„Lydon! Pass auf! Behalte den Weg im Auge, den er kommen muss!"
Damit geht der Phönizier nach dem Eibenbusche, wo die Pferde stehen, und greift in die Felltaschen des Griechen:
„Wir wollen erst sehen, ob die Sache überhaupt einen guten Dolchstich wert ist ... na, hier scheint er seine Mädchenköder verstaut zu haben, haha, Glasperlen! Weg mit dem Flitter! Und hier? O, der Faun! Diese Bronzestangen zeigen genau den Ton des reinsten Goldes! Wen wollte wohl der Schuft damit betrügen? Kann er vielleicht die Metalle selbst so mischen? Hm! Man merkt den Betrug wirklich nur am Gewicht!"

„Er ist ein Mykener! Damit ist alles gesagt! Die kennen alle Feuerkünste der Unterwelt!"

„Aber, beim Rachen des Moloch!", flucht Hiram. „Wo hat er denn sein Gold versteckt? Hier in diesen Taschen ist nichts zu finden!"

„Er trägt es wohl bei sich!"

„Oder hat es irgendwo vergraben, um es bei einer späteren Fahrt zu holen!"

„Wozu das?", fragt der Etrusker.

„Hm — wenn er uns durchschaute! Ah, Lydon! Greif her, wie schwer diese Felldecke ist. Sie ist doppelt gefaltet und — bei den Göttermädchen von Geball! — Lydon! Der Hund von Mykenä ist reicher als wir beide zusammen ... schau her, wie es glänzt, das Metall des Lebens — Gold, Lydon — Gold!"

„Metall des Todes!", flüstert Panides ganz leise.

„Horch! Was war das?", lauscht der lange Phönizier auf.

Der Grieche ist wie ein Schatten verschwunden.

„Der heiße Geist von Nubien fährt durch die nordischen Wälder", beruhigt der Etrusker. „Was hast du?"

„Lydon!", ruft der Phönizier mit zuckenden Lippen. „Hast du schon so etwas gesehen?"

In seinen zitternden Fingern hält Hiram eine herrliche Schale von getriebenem Golde!

„Fort damit! Dort kommt er!", zischt Lydon mit unterdrückter Stimme.

Auf der Waldlichtung gegen den See hin erscheint Panides, langsam, müde und mit Gebärden der Enttäuschung. Er hat von seinem Lauscherposten aus einen Bogen geschlagen, um wieder aus unverdächtiger Richtung erscheinen zu können.

„Schließt eure Mäuler; denn es gibt nichts zu schnappen!", ruft er schon von weitem.

„Blieb er übelhörig, der alte Büffel?", fragt Hiram, und auch Lydon richtet seine lauernden Hechtaugen auf den Angekommenen.
„Helweh gibt seine Edelfelle nur gegen Gold her und sein Gold gar nicht!" erklärt Panides.
„Tod und Verdammnis!", knirscht Hiram und streckt seine Habichtsnase vor, als ob er dem Griechen seine Eingeweide heraushacken wollte.
„Mord und Fäulnis!", heult der Etrusker auf. „Wir brennen sein Nest nieder!"
„Kein übler Gedanke!", schmunzelt Panides, als ob er soeben ein gutes Geschäft abgeschlossen hätte. „Nein, Bruder, das geht nicht! Helwehs Hunde heulen die ganze Nacht über den See! Sie würden deine Knochen säubern wie Waldameisen! Nein, das geht nicht: Wir brennen das Seedorf nicht nieder! Wir nicht!"
„Wir nicht? Du sprichst so eigentümlich! Du scheinst einen Plan zu haben. Ich kenne dich!", sagt der lange Phönizier lauernd.
„Ich habe einen Plan, ja! Wir holen seine Felle und sein Gold!"
Da springt der stiernackige Etrusker auf wie ein verspielter Bär:
„Beim Dämon von Pupluna! Sprich, Panides!"
„Sachte, mein Lieber! Du sprichst wie ein Gott — aber der Urwald hat Augen und Ohren — siehst du dort unten die glänzenden Waffen — dort unten am Gestade? Man zieht zur Jagd! Wir müssen fort! Kommt!"
„Wohin? Und Helwehs Felle?", knurrt der Rinderköpfige.
„Und das Gold?", keucht der Vogelnasige.
„Wir holen es! Das Nest wird ausgeräuchert!"
Panides geht zu den Pferden und koppelt sie los. Fluchend folgen ihm die beiden.

„Vorhin sagtest du das Gegenteil!", knurrt Lydon.
„Nein!"
„Wir brennen also?"
„Nein!"
„Dass dich die Dämonen fressen! Ich werde daraus nicht schlau!"
„Das wirst du nie, Schoßkind!"
„Was? Beim hundsköpfigen Satan von Luna! Das ist Hohn, Grieche! Soll mein Dolch ..."
Plötzlich bricht er ab. Der lange Hiram hat ihn warnend am Mantel gezupft und ihm leise zugeraunt: „Noch nicht!"
Panides führt die beiden auf eine freie Anhöhe und weist mit dem Schwerte nach dem südlichen Gestade:

„Seht ihr dort in trüber Ferne den Rauch aufsteigen? Dort wohnt Taran, der Turacherfürst!"
„Wird der mit uns handeln?", fragt Hiram.
„Nein! Der ist noch selbstsüchtiger und verbohrter als sein Todfeind Helweh da unten!"
„Verdammt! Was soll denn der?"
„Des Helweh Hütten niederbrennen!"
„Ah!"
Mehr bringt Lydon nicht über die Lippen und seine Augen starren den Griechen an, als wäre er betrunken.
„Hört mich an! Setz dich hierher, Lydon!"
Der ungeschlachte Riese gehorcht unter dem Banne der Neugier wie ein Kind.
„Ich habe von den Pfahlbauern Helwehs da unten folgendes erlauscht", beginnt der Grieche. „Vor etwa fünfundzwanzig Sonnenjahren waren Helweh und Taran dort drüben die bes-

ten Freunde. Bei Gefahren der Jagd und des Krieges griff jeder für den andern ein, und wenn der eine redete, so galt sein Wort dem andern wie ein Götterspruch. Da kam das Gold! Ein Italiker brachte es ihnen und lehrte sie, den spärlichen Goldstaub aus dem Sand der Bäche zu waschen. Erst wuschen sie gemeinsam. Da aber Helweh geschickter darin war, wusch er allein, und Taran zog sich von ihm voll Eifersucht zurück. Da lernte Taran Winelda kennen, die schöne Tochter eines Fürsten vom Thursee. Das Mädchen errötete vor ihm und trug seine Bronzespangen und Glasperlen. Aber eines Tages kam Helweh und zeigte ihr seinen Goldschmuck; da errötete sie vor Helweh und wurde sein Weib. Seither schreitet die Rache auf den Pfaden ihrer einstigen Freundschaft, ihre Jagdgebiete sind getrennt, und Blut bezeichnet ihre Grenzen."
„Totschlag und Verwesung!", flucht der Riese von Etrurien. „Hast du uns hergeführt, um uns Liebesgeschichten zu erzählen? Du bedauerst wohl, dass du damals nicht der Dritte warst? Ich weiß schon, vor wem alsbald das Wasserhuhn errötet wäre! Vor dir würde ja ein Lehmtopf erröten — wenn er im Feuer ist!"
„Sei nicht ungehalten, mein Lieber! Auf diese Liebesgeschichte baue ich meinen Plan: Wir lassen die beiden Kampfhähne aneinandergeraten!"
„Endlich ein vernünftiger Gedanke! Wie gedenkst du das anzufangen?"
„Wird uns das etwas einbringen?", forscht der lange Hiram, und seine Finger krallen sich wie Eulenfänge.
„Wir werden ihn bearbeiten, den hochmütigen Helweh, und — vielleicht — den andern auch! Mir nach! Zu Taran!"

Panides geht wieder voran, sein Pferd am Zügel nachziehend. Er weiß: Jetzt ist er vor seinen „Freunden" so sicher wie der kreisende Bussard dort über dem glitzernden Jurasee.
Und die zwei folgen ihm wie Wölfe auf der Hirschfährte.

Ein dämonischer Plan

In der Abenddämmerung treten die drei Händler aus dem Urwalds heraus an die Lichtung des Gestades.
Vor ihnen im See liegt das schmucke Pfahldorf Tarans, durch eine Brücke mit dem Lande verbunden. Vor den Hütten brennen die Abendfeuer, und darum im Kreise kauern fellbedeckte Jäger, linnenumhüllte Frauengestalten, halbnackte Kinder und struppige Hunde. Die Firste sind mit Storchennestern gekrönt.
„Lydon — Hiram!", flüstert der Grieche. „Wir kommen von Helweh!"
„Ja, ich kann mich noch so schwach erinnern!", höhnt der Etrusker.
„Helweh hat seinen Todfeind vor uns verhöhnt!"
„Das ist ja gar nicht ..."
„Narr! Wir müssen doch den Taran heizen, falls er brennen soll!"
„Aaah! Ausgezeichnet! Ich werde lügen wie mein Weib, wenn ich jeweils von der Nordlandfahrt heimkomme!"
„Reicht das aus zum Handel?", fragt Hiram zweifelnd.
„Vielleicht! Aber wir müssen sichergehen: Helweh hat uns auch Gold gegeben, damit wir Tarans Hütten niederbrennen!"
„Beim Teufel von Velsuna! Panides! Ich habe dich lieb, Panides! Es ist eigentlich schade. Hiram... "
Hiram hustet den aussteigenden Mond an und gibt dem unvorsichtigen Etrusker einen verstohlenen Rippenstoß.
„Um was ist es schade, Lydon?", fragt der Grieche mit einem süßen Kinderlächeln.

Dass — dass — dass du noch keine Nachkommen hast, Panides! Du hast noch keinen Sohn, Panides, nicht wahr?"
„Ich weiß es nicht! Ich kann mich nicht um alles kümmern. Mir sticht ein feiner Braten in die Nase, Kinder. Ha, seht: Dort schreitet Taran aus seiner Hütte! Wir müssen uns beeilen, wenn wir nicht nur Knochen zum Abendessen wollen. Hey, hey!"
Auf diesen Ruf erhebt sich ein wahrer Höllenlärm: Dutzende von Hunden heulen und kläffen und bellen wie am Spieße. Doch all den ohrenbetäubenden Spektakel übertönt Tarans Donnerstimme:
„Hey! — Wer dort?"
„Schmuckhändler des Südens!", ruft Panides.
Welch ein Zauberwort für die Mädchen und Frauen des nordischen Urwaldes: Schmuckhändler des Südens! Welch ein Ereignis für die Eitelkeit der schmuckliebenden Jünglinge. — Ein Festtag für die Redeseligkeit der Alten, ein Götterfest der Jugend! Bereits ist das Geheul der Hunde in den Hintergrund getreten, und die Zugbrücke senkt sich: die drei schreiten über die donnernde Brücke samt ihren Pferden. Rasch sind sie umringt von allem, was zwei oder vier Beine hat.
Aber da kommt eine Hünengestalt auf sie zu: Taran, der Fürst der Taranersippe; sein Haar ist durch eine Zierschnur zu einem Schopfe vereinigt; eine schwere Kette von Eberhauern und Bärenreißzähnen schmückt seine fellbekleidete Brust; an den Arm- und Fußgelenken prangen goldglänzende Bronzespangen, durch herrliche Linienornamente verziert. Unter dem Fellkleide trägt er ein feingemustertes Linnenkleid. Er ist ohne Waffen, aber trotzdem hat seine Erscheinung etwas Ehrfurchtgebietendes, Heldenhaftes: die Zudringlichen treten zurück, und die drei Fremdlinge verneigen sich.

„Was wollt ihr?", fragt er kurz. Aber diese Worte haben nichts Schroffes an sich; sie sind der Ausdruck offener Ehrlichkeit.
„Wir bitten um ein Lager für die Nacht", erwidert der Grieche.
„Ihr seid willkommen!"
„Und um einen Rest von eurem Mahle!"
„Dem Gast das Beste! Kommt in meine Hütte!"
Sie geben unbedenklich die Pferde ab und folgen ihm; denn auf die Beraubung eines Gastes steht der Tod!
Tarans Hütte ist die stattlichste von allen: vom Firstwinkel schaut ein Wisentschädel herab: über dem Eingange steht ein sogenanntes „Mondhorn", ein mondsichel- oder stierhörnerförmiges Gebilde aus Ton mit den charakteristischen Verzierungen der Bronzezeit: Zickzacklinien, Parallelen und konzentrische Kreisen mit allen ihren Kombinationen. Zu beiden Seiten der Türe ragen gewaltige Hirschgeweihe mit Fischgeräten: Zugnetze, „Bahren" (Reusen), Feimer (sackförmiges Netz an einer Gehre oder Stange); Stecher, Drahtschlingen und feingeformte Angeln.
„Tretet ein in euer Eigentum!"
Mit diesem uralten Spruche begrüßt Taran seine Gäste nochmals an der Schwelle seines Heims. — Sie treten ein: der Empfangsraum ist ein wahres Prunkgemach der Pfahlbauerkultur in ihrer höchsten Blüte. Ganze Reihen von Bronzebeilen, ähnlich gefasst wie die Beile der Steinzeit, ziehen sich an den Wänden entlang: herrliche Schwerter und Lanzen, Dolche, Bogen und Köcher, Spangen, Ketten und Ringe, Schmucknadeln, Fibeln, Gesätze, Sicheln und anderes Gerät — alles aus goldglänzender Bronze. Dies macht auf den staunenden Gast den Eindruck eines geradezu barbarischen Reichtums.
Aus dem Nebengemache tönt ein regelmäßiges, klapperndes Geräusch herüber; dort sitzt jemand am Webstuhle.

Der Sippenfürst Taran Aba weist mit stummer Gebärde auf die an den Wänden entlang ausgebreiteten Felle mit Laubunterlage hin. Die Gäste setzen sich auf die wohligen Naturkissen, während der Fürst noch steht.
„Giurda!", ruft er mit tiefer, weicher Stimme.

Ein üppiger, zarter Arm streicht das Bärenfell des nächsten Gemacheinganges zur Seite und es erscheint eine wahrhaft königliche Gestalt: Giurda, die Fürstin der Taraner!
Sogar der von Frauen verwöhnte Grieche wird vor diesem Bilde natürlicher Würde und Hoheit einen Augenblick verlegen; denn Giurda würde trotz ihres reifen Alters auch in einem Palaste des Südens Bewunderung erregen; sie ist schön, wahrhaftig schön! Schön in den Formen und schön in der seelischen Weihe, die der weiblichen Tugend entstrahlt. Ein schneeweißes Linnengewand fließt vom geschlossenen Halse bis reichlich auf den Boden. Ihr schweres Haar fällt wie ein sprudelnder Gletscherbach auf Schulter, Brust und Arme. Sollen wir von ihrem Schmucke reden? Spangen mit den herrlichsten Linien- und Rippenornamenten zieren ihre Gelenke, ganze Büschel von Bronzenadeln geben den überreichen Haarwellen die gewollte Richtung; von den Ohren fallen echte Goldgehänge bis auf die Achseln — goldbesetzt ist auch der reichverzierte Gürtel, der das fließende Gewand nur lose zusammenhält. Ihre Fußbekleidung ist glänzendes Biberfell. Ganze Reihen von Perlenketten liegen um ihren Hals. Doch die schönste Quelle ihrer Anmut sind die Augen; tief wie der Enzian und mild wie zwei sonnige Frühlingstage blicken sie mit ehrlichem Wohlwollen den drei Gästen entgegen.
„Freude ist mein Gruß!", sagt sie einfach und reicht jedem mit natürlicher Grazie die Hand.

Die sittenlosen Händler des Südens beugen sich unwillkürlich vor diesem Urbilde der unverdorbenen Natur. Selbst Lydon glotzt wie ein Urstier vor einem Regenbogen.

Mit den Worten „Ich will euch das Mahl bereiten" geht sie wieder in ihr Gemach.

„Woher kommt ihr?", fragt Taran nach einer kurzen Pause.

Panides stellt die Freunde und sich selber vor:

„Diese Pappel da ist Hiram aus dem Lande der Phönizier, die dem ehernen Gotte Kinder opfern. Der andere mit den lieblichen Augen des Frosches heißt Lydon und stammt aus Etrurien, wo die Menschen die Teufel anbeten und ihnen die herrlichsten Opfer darbringen. Mich selbst nennt man Panides, nach dem Gotte Pan!"

„Wie ging der Handel, hier bei den Seedörfern?"

„Schlecht! Die Leute wollen unseren Schmuck umsonst und fordern für ihre Tauschgegenstände einen unverschämten Preis. Doch mit dir, o Fürst, hoffen wir ein gutes Geschäft abzuschließen!"

„Mit mir?", fragt der Fürst mit lächelndem Munde, was wohl einen leisen Zweifel andeuten sollte.

„Ja, o Fürst!", entgegnet Panides mit Überzeugung. „Wir kommen soeben von Helweh, deinem Freunde!"

Tarans Brauen verfinstern sich; er scheint wie umgewandelt, aber er spricht kein Wort.

„Der Racheteufel fresse Helweh!", knurrt Lydon; der Grieche aber fährt gelassen fort:

„Er muss sehr reich sein; denn er verlachte unser Angebot, und selbst für unsere spärlichen Goldringe hatte er nur Hohn: ‚Bringt eure Schätze dem Taran!', höhnte er. ‚Der kann sie brauchen; denn er schuldet seinem Weibe noch immer den

versprochenen Hochzeitsschmuck, um dessetwillen sie ihn genommen!'"
Wie von einer Viper gebissen fährt der Fürst in die Höhe:
„Mord und Verwesung! Das hat er gesagt, Helweh, der . . . der . . ."
„Bei meiner Treue! Mit dem schrecklichsten aller Schwüre können wir's bezeugen. Nicht wahr, Freunde?"
„Ich will erwürgt sein, wenn er lügt!", bestätigt der Phönizier feierlich.
„Alle Dämonen sollen mich reiten, wenn er ein Wort zu viel gesagt hat!", knurrt der Froschäugige mit hingebungsvoller Bereitwilligkeit.
„Noch mehr!", fährt der Grieche fort. „Ich habe zwar nicht mehr alles im Gedächtnis, was der Häuptling gesagt hat; aber an eines kann ich mich noch erinnern. Weißt du noch, Lydon, was er von seiner Hochzeit erzählte?"
„Von seiner Hochzeit? Sagte er nicht, dass . . . wie war es nur? Hm, dass an jenem Tage ..."
„Sehr richtig, Lydon! Dass an jenem Tage im Urwalde ein Wolfsgeheul gehört wurde! Und weißt du noch, Hiram, was dann geschah?"
„Ja, es klang ganz unheimlich ... und dann ... "
„Ganz recht! Und dann schickte Helweh Jäger aus, um den Unheilverkünder zu jagen. Als sie zurückkehrten, meldeten sie — weißt du noch, was sie meldeten, Lydon?"
„Ja ... hm, sie meldeten, dass sie ... den Auftrag ausgerichtet hätten, nicht?"
„Schau, wie du noch alles weißt! Ja, und überdies brachten sie, wie ihr wisst, die Kunde, dass ... Taran so geheult und an einem Eibenstocke wie in wahnsinniger Verzweiflung seine Zähne blutig gebissen hätte!"

„Beim Satan! Genauso ist es!", nickt Lydon.
„Nein, Lydon! So ist es nicht! Mein Wort darauf!"
„Nicht?"
„Nein! So ist es nicht! Helweh behauptet nur, dass es so gewesen sei! In Wirklichkeit hat er gelogen!"
„Wie mein Weib, wenn ich heimkomme!", bekräftigt das Stiergesicht.
Taran ist zu sehr in Wut, als dass er das Lügengewebe des falschen Griechen durchschaut. Er stürmt nicht los; aber in seinen Augen brennt ein unheimliches Feuer. Wie ein Leichnam starrt er ins Leere. Panides vollendet sein Werk:
„Was ihr zwei gegeneinander auszutragen habt, o Fürst, geht uns nichts an; dass er uns aber feige Hunde schalt, dafür soll er büßen — beim Pan, dem Schrecken der Wälder!"
Da blickt Taran auf:
„Hat er euch auch beschimpft?"
„Durch sein Ansinnen — ja! Er hat uns Gold geboten für den Fall, dass es uns gelänge, dein Dorf niederzubrennen! Ist das nicht eine tödliche Beleidigung für friedfertige Händler?"
„Du willst dich rächen?"
„So wahr ich ein Mann bin! Jedes Weib soll mich anspucken, wenn ich den Schimpf rachelos hingehen lasse!"
„Verenden soll er!", bekräftigt Lydon.
„Und seine Habe teilen wir!", ergänzt der lange Mann vom Libanon die frommen Wünsche seiner Freunde.
„Wie willst du dich rächen?", forscht Taran mit unverhohlener Spannung.
„Indem ich den Spieß umkehre und seine Hütten niederbrenne!"
„Helwehs Dorf ist uneinnehmbar, und seine Hunde wachen gut!"

„Pah! Wenn du mir hilfst, so ist sein Untergang sicher!"
„Ich wage mein Leben, wenn ich den Hunger meiner Rache sättigen kann!"
„Hm ...Taran! Wir sind arme Händler!
Welchen Teil der Beute versprichst du uns?"
Taran blickt lange vor sich hin und spricht dann:
„Ihr könnt alles haben, bis auf das Gold! Seid Ihr einverstanden?"
„Ja! Wir sind einverstanden! Hier meine Hand!"
Und ehe sich seine verdutzten Freunde von ihrer Überraschung erholt haben, hat der Grieche die Abmachung durch Handschlag besiegelt! Die zwei glauben ihren Ohren nicht zu trauen: Ist der schlaue, berechnende Grieche wahnsinnig geworden? Gerade das Gold Helwehs war ja das letzte Ziel ihrer Wünsche, und nun tappt Panides mit offenen Augen in die Grube! Lydon würgt einen stillen Fluch hinunter und Hiram streckt seinen Schnabel vor, wie ein Bussard, dem die Maus entschlüpft ist. Hinter dem Rücken Lydons versetzt er dem Panides einen Rippenstoß, den aber Taran bemerkt! Der glatte Grieche scheint aber jeder Lage gewachsen zu sein. Sich umwendend bemerkt er mit feinem Lächeln:
„Ich verstehe dein gutes Herz, Hiram! Ich bin mit dir einverstanden: wir lassen dem tapferen Fürsten Taran auch die Felle! Wir wollen nichts, wenn er uns zur Rache verhilft!"
„Teufelsfratz!", knirscht der Etrusker, und sein Maul verzerrt sich, dass die großen Ohren in Bewegung kommen. Der geschäftsgierige Hiram aber sucht die vermeintlich vom Griechen verspielte Situation zu retten:
„Wollen wir nicht lieber das Geschäft und dessen Bedingung erst morgen endgültig besprechen?"

„Ich bin fertig", erklärt der Grieche, „und nehme an, dass ihr einverstanden seid. Wenn wir auf alle Beute verzichten, so wird der Fürst von der Ehrlichkeit unserer Absichten und von der Reinheit unseres Rachegefühls umso mehr überzeugt sein!"
Stumm reicht Taran einem jeden der Fremden seine Rechte.
„Wie denkst du dir nun die Ausführung deines Racheplanes?", fragt Taran den Panides.
„Sehr einfach! Höre! Ich kehre morgen zu Helweh zurück und sage ihm: Wir drei sind von ihm weg zu dir gekommen und haben dir seine Worte ahnungslos berichtet. Du hast uns für die bezahlten Sendlinge Helwehs gehalten, für die bestochenen Übermittler seines Hohnes. Da hast du uns in deiner Wut überfallen und meine zwei Kameraden hier ermordet. Ich allein entkam mit dem nackten Leben und bitte Helweh um Aufnahme und einige Tage Verpflegung! In einer schönen Nacht lasse ich euch die Zugbrücke nieder, und ihr küsst die Sippe mit euren Schlachtbeilen aus dem Schlummer!"
„Ha! Bei den Hörnern der Nachtsonne! So muss es gehen, ja, so geht es!" ruft der Taranerfürst. „Wie einfach, und — es muss gelingen! Es muss wahrhaftig gelingen! Panides! Du bist mein Freund! Und wenn der Überfall gelingt, so sollst du mir sein wie ein Taraner, mit Stimme im Rate! Nun wollen wir essen und trinken wie die Götter am Hochzeitstage! Giurda! Giurda!"
Die Hauptlingsfrau erscheint wieder am Eingang des Gemaches und nickt:
„Das Mahl ist bereitet, Herr!"
„Gut! Ich will noch Belemar und Heswin holen! Unsere zwei Ältesten!" fügt er den dreien erklärend hinzu und geht hinaus. Hiram sieht sich vorsichtig um und keucht dann wie in Todes-

not: „Panides! Was hast du getan! Panides, das schöne Gold! Welch ein Geschäft hast du verscherzt!"

„Panides!", flüstert auch Lydon. „Wenn du nicht erwürgt sein willst, so erkläre, was deine Tölpelhaftigkeit bezwecken soll!"

„Sei unbesorgt, mein Augenstern! Ich habe mit dem Seehund nicht geteilt, weil ich das Ganze will! Du hast ja doch sofort gesehen, mein Lieber, dass er mir als Lohn für mein selbstloses Entsagen sein unbedingtes Vertrauen entgegengebracht hat. Dies werde ich benutzen! Und so sicher wie Helweh sein Gold verliert, so sicher werde ich es dem Wasserhuhn hier wieder abjagen und das seinige dazu! Bist du nun zufrieden, du mein Alles?"

„Hm!"

„Hätte ich ein großes Beutestück verlangt, so wäre die Forelle vielleicht argwöhnisch geworden und hätte nicht angebissen! Wenn wir aber — zum Scheine, Lydon! — so selbstlos handeln, so wird er arglos uns vertrauen, bis er aufheult. Das siehst du doch ein?"

„Hm, hm! Der Teufel des Verderbens könnte auch einmal den Unrechten hinunterwürgen! Was meinst du, Seeschlange vom Libanon?"

„Ich finde das Wagnis immerhin etwas ..."

In diesem Augenblicke kehrt Taran zurück. Ihm folgen zwei ehrwürdige Jäger, in deren Gesichtern man vor lauter Haar beinahe die Augen nicht entdecken kann. Die Krieger grüßen durch einfachen Handschlag und setzen sich mit den Händlern zum Mahle nieder.

Ein wirkliches Gastmahl der Bronzezeit würde auch einem heutigen Feinschmecker durchaus kein Lächeln blasierter Verwöhnung abgewinnen: denn die Wirtschaftsquelle der Pfahlbauer war eine fünffache: Jagd, Fischerei, Ackerbau mit Viehzucht und Sammlung von Naturprodukten, wie Beeren, Schwämmen, Wurzeln, Nüssen und Sämereien usw.

Auf einen Ruf Tarans kommt sein Weib mit zwei Dienerinnen, wohl Leibeigenen, die in Feld und Hütte — bei sehr milden Regiments — den Befehlen ihrer Herrin zu Diensten stehen. Sie tragen große und kleine Tonschalen. Jeder der Gäste erhält eine große Transchierschale und eine kleine Schöpfschale. Die großen, flachen Schalen weisen im Prinzip die gleichen Ornamente auf wie die meisten Gebrauchsgegenstände der Bronzezeit: Kreislinien, Parallelen, Zickzacklinien, Wolfszahnornamente (aneinander gereihte Dreiecke, oft mit Parallelen gefüllt), Punktlinien, Rautenmuster, Rosetten, Girlanden usw.

Zur Verwunderung des Griechen aber tragen die kleinen Trinkschalen regelrechte griechische Mäanderverzierungen. Diese Art der Ornamentik musste entweder von Stamm zu Stamm oder von Händlern ins Land gebracht worden sein.

Jeder Gast erhält überdies ein feingeschwungenes Bronzemesser, dessen Dorn in einem Hirschhorngriff eingelassen ist. Nun kann das Mahl beginnen, von denen die besten einzelnen Gänge der Nachwelt überliefert sein mögen:

1. Hechtsuppe mit Pfefferling und Rahmzusatz, durch Waldgewürze verschärft.
2. Gedämpfter Hecht in Butter, mit Wacholderbeeren und Sauerkresse garniert. Dazu bringen die Dienerinnen an einem Kupferdraht einen großen, rauchenden Topf mit glühenden Kohlen. Diese werben ansgeschüttet und darunter zeigt sich das knusperige Hirsebrot, das eigentliche Pfahlbauerbrot.
3. Ehe die Gäste noch mit dieser Vorspeise fertig sind, fährt auf einem hübschen kleinen Sonnenwagen eine mit

Wildspeck gespickte Hirschkeule auf. Man schneidet große dünne Schnitten herunter und trinkt dazu gegorenen Gerstensaft, eine Flüssigkeit, die bis zum Schlusse und darüber hinaus beibehalten wird. Lydon höhlt beim ersten Schlucke dieses bitteren Trankes seine wulstigen Lippen auseinander wie ein Barsch, versucht und versucht immer wieder, aber es will ihm einfach nicht behagen, bis er sich endlich nach der siebenten Schale daran gewöhnt hat.

4. Nun schnuppert Hiram mit seinem Riechorgan verdächtig in der Luft herum. Was wird wohl kommen? Ah! Lydon leckt sich das halbe Gesicht vor Wonne: angerauchte Bärentatzen mit Rinderhirn in Eberschwarte gekocht. Dazu eine prickelnde „Mayonnaise" aus Weizenmehl mit gehacktem Knoblauch, Reizkerpulver und zerriebenen Holunderbeeren.

5. Nun folgt ein Doppelgang; ein ganz merkwürdiger grosser Topf wird hereingetragen. Um seinen Hals trägt er eine Reihe kleinerer Töpfe, deren Inneres durch Löcher mit dem Hauptgefäß verbunden ist. (Siehe z. B. Pfahlbau Wollishofen) Im Hauptgefäß köchelt in würzigem Wasser ein gewaltiger Eberkopf. Wenn man nun dieses Gefäß zudeckt, muss der Dampf durch die Seitenlöcher nach den kleinen Gefäßen abströmen und die dort untergebrachten, mit Ferkelspeck gefüllten Tauben auf das feinste garbrühen.

Während des Mahles teilt der Fürst den beiden Alten, deren Bärte vom Fette triefen, den Racheplan gegen Helweh mit. Kampf- und Jagdgier steckt den ergrauten alten Kriegern zu sehr in den Knochen, und überdies besitzt der Sippenhäuptling eine zu große Macht über die Seinen, als dass einer von ihnen

eine Einsprache versucht hätte, im Gegenteil! Ihre Wangen röten sich und mit einem wahren Ingrimm der Begeisterung leeren sie die schäumenden Metschalen.
„Wann wirst du aufbrechen?", fragt Taran den Griechen.
„Schon morgen!"
Und wann sollen wir nachkommen?"
„Das muss natürlich gut durchdacht sein. Ich schlage Folgendes vor: Ihr geht zum Scheine auf die Jagd und haltet euch in den Schluchten des Jura dort über dem Helwehdorf verborgen. Jeden Abend schickst du einen Kundschafter nach dem Gestade herunter. Ist nun die Lage für einen Überfall günstig, so wird dieser Kundschafter meinen Mantel am Geländer des Pfahlrostes aufgehängt sehen — er ist ja bunt genug, um aufzufallen! Es ist möglich, dass ich mich einige Tage von den Prügeln erholen muss, die ich von dir empfangen habe! Du verstehst mich?"
„Vollkommen! Wir werden pünktlich zur Stelle sein! Helwehs Hohn wird in einem kläglichen Winseln enden! Er soll mein Leibeigener sein — wenn immer möglich!"
Da kommen zwei frische, hübsche Knaben von etwa zehn und acht Jahren hereingesprungen, jeder hat Bogen und Pfeil. Der Ältere schwingt überdies mit übermütigen Sprüngen ein erlegtes Eichhörnchen.
„Schau, Vater, ich hab's getroffen; im zweiten Schuß! Darf ich das nächste Mal mit auf die Jagd?"
„Das nächste Mal noch nicht, Hesuin! Vielleicht ... frag' die Mutter!"
„Das nächste Mal noch nicht!", sagt Giurda mit zuckenden Lippen, „das nächste Mal werden Kinder um ihre Eltern weinen!"

Taran schaut finster zur Seite; er hört einen leisen Vorwurf, eine leise Bitte. Doch die Rache umnachtet seinen Geist — oder ist es das Gold?
Da schmiegt sich der Jüngste an ihre Lenden:
„Mutter, ich bleibe bei dir — immer, immer!"
Mit unendlicher Liebe senken sich Giurdas Mutteraugen auf die knospende Blume ihrer Liebe, auf das Köpfchen, das sich zur Sonne kehrt.
Panides ertappt sich dabei, wie auch sein Auge in diese Sonne starrt, und wie geblendet schaut er weg.
Eine strahlende Morgensonne wirft die Schattenkegel der Urwaldgipfel über die Blößen, wo das Reh den Tau vom Felle schüttelt; die eitle Königin des Tages spiegelt ihr herrliches Antlitz in den spiegelnden Taudiamanten der Blumen und kost ihr Wellenhaar in den gekräuselten Fluten des Jurasees.
Durch die dampfenden Büsche schleicht Panides. Oft hält er wie zaudernd inne. Dort auf einem sturmgefällten Urwaldriesen setzt er sich nieder und stützt sein Kinn in die gekrallten Finger:
„Das nächste Mal werden Kinder um ihre Eltern weinen! Beim Hades! Ich habe schon schlimmere Streiche vollführt, und es war mir besser dabei! Giurda! Giurda! Hättest du mich gebeten — für jene, die da weinen werden — ich wäre vor dir niedergekniet! Beim listigen Odysseus! Ich könnte ja — hm — den Spieß umdrehen und den Helweh mit seinen Leuten auf Taran hetzen! Ich brauchte nur mit ihnen heimlich zurückzukehren und ihnen des Nachts die Brücke zu schlagen — und mir als Lohn Giurda auszubitten! Doch nein! Das wäre eines Panides unwürdig! Nein!
Sie soll mir in zagender Liebe entgegenkommen, wie die andern! Ich will ihren Geist bezwingen, der mich bezwungen hat;

ich will den Gürtel ihrer Tugend zerreißen, der mich gebunden hat ... Helweh soll siegen und ich will den Sieger besiegen.
Und ... Helweh hat mehr Gold als Taran!
In meiner Brust regt sich etwas wie geheime Angst! Wie immer vor der Tat! Was scheren mich die Götter! Sie sind für Spinnweiber erfunden! Aber — gibt es keinen Allerschaffer? Keinen Rächer der bösen Tat? Wer löst mir dieses Rätsel? Mir ist oft. als wühlte doch ein Dämon in meiner Seele. Mir ist, als schwebte durch die Natur des blühenden Morgens das Wehen eines schönheitliebenden Geistes — als wehte abends Hadesluft um mein Schlafgemach. Unsichtbarer! Bist du Phantasie und Traum? Ich sehe dein Werk, und dein Werk ist Schönheit.

Giurda! Wie bist du schön! Die Seele deiner Augen soll mich berauschen, deinen Odem will ich trinken, deine wundroten Lippen will ich suchen mit geschlossenen Augen. Ich habe noch keinen Gott geschaut; ich weiß nicht, ob er ist. Aber ich habe doch geschaut und du bist... und ich!... Wenn kein Gott ist, dann bin ich mein Gott... und du! Alles soll mir dienen — und wehe dem andern Gotte, der mich hindern sollte! Auf! Leben und Tod! Tretet in meine Dienste! Verrat, du bist mein treuer Hund; List, du bist meine Waffe, Heuchelei mein Netz! Verstumme, nagender Wurm, verstumme, du raunender Dämon des Morgenlichtes!"

Das Metall des Todes

Das Seedorf Helwehs ist in leichten Rauch gehüllt.
Es liegt in geschützter Bucht am Fuße der wilden Jurazüge.
Am Gestade vergnügt sich die Jugend mit Bogenschießen und Waffengängen, Kinder und Hunde patschen im lauen Wasser herum. Zwei alte Bartmenschen umschiffen im Einbaum die Hütten und legen ein Netz; denn die Abfälle der Siedler locken ganze Heere von Weißfischen und damit auch ihre Feinde, das Raubgesindel der Barsche, Hechte und Seeforellen, an. Auf dem Pfahlrost vor den schilfgedeckten Hütten beschäftigen sich ganze Gruppen zwitschernder Töchter und krächzender Frauen mit Getreidemahlen, Spinnen, Weben und Kochen. Einzelne hätscheln ihre Säuglinge, andere haben ihre schon älteren Bürschchen mit Leinen an Pfosten gebunden. Dort neben dem rauchgeschwärzten Eingange kauert ein blinder Korbflechter, und sein Enkelchen schält ihm die gewässerten Weiden. Aber der Hauptschwarm der Jugend lärmt aus der Windseite des Rostes; dort gibt es das Interessanteste zu sehen, das Gießen der Bronze.
Auch hier leitet ein alter, lahmer Jäger die kunstreiche, viel Sorgfalt heischende Arbeit: in einem zierlich gebauten Steinherd mit scharfem Kohlenfeuer lagert ein Sandsteintiegel mit rohen Kupferstücken und bereits geschmolzener Zinnmasse, die etwa ein Zehntel des Ganzen ausmacht. Es ist keine leichte Aufgabe, auch das Kupfer zum Schmelzen zu bringen, das eine fast fünfmal so starke Hitze verlangt. Zu diesem Zwecke sind Luftröhren in den Herd eingeführt, die mit primitiven Blasbälgen aus gegerbtem Leder in Verbindung stehen. Diese werden

von halberwachsenen Buben gehandhabt, dass die Funken stieben. Andere schauen gespannt zu, ihren Kameraden von Zeit zu Zeit weisen Rat erteilend. Von den Höhen des Jura herab ertönt hin und wieder ein fernes Jagdhorn; die wehrfähige Mannschaft ist einem Bären auf der Spur, der gestern Nacht in die Herdenpferche eingebrochen ist und ein quiekendes Schweinchen geholt hat.

Endlich brechen die Gussstücke unter dem Hurra der Buben zusammen, eine sonnigstrahlende Flüssigkeit leuchtet unter der Schlacke auf!

Aber noch muss die Temperatur für einen guten Guß etwas gesteigert werden.

Da tritt ein hübsches Mädchen dazu. Ein weißes Linnenhemd umfließt ihre schlanke Gestalt; Bronzespangen umfassen die Gelenke der Hände und Füße, wundervolle Bronzenadeln mit verzierten Mohnköpfen umstrahlen ihr reiches Haar; aber an ihren Ohrläppchen flimmern echte Goldgehänge.

„Ah!", ruft sie beim Anblicke der geschmolzenen Bronze mit Entzücken. „Wie lauter Gold! Oh! Wenn der Glanz doch so bliebe, wie er ist, wie er beim Golde bleibt!"

„Schweig, putzsüchtige Elster! Die Bronze war immer der echte Schmuck der Seejäger! Die Bronze lieferte ihnen die Waffen für Krieg und Jagd. Sie ist das Metall des Lebens!"

„Aber das Gold ... "

„Ist das Metall des Todes!"

„Du schimpfest über das Gold nur deshalb, weil du keines hast und keines herstellen kannst!", versucht die kleine Hexe den alten Bären zu reizen, „Mein Ringlein hier am Finger ist mehr wert als deine ganze Brühe dort!"

„Das ist eben der Fluch des Goldes, schnatterndes Wasserhuhn, dass es die Arbeit und Kunst entwürdigt! Es stammt aus den Schmelztiegeln der Unterwelt! Weißt du, wie es unter die Menschen kam?"

„Wenn das wahr ist, was du schon jedem Buben siebzehnmal erzählt hast, ja, dann weiß ich's auch!"

„Was? Du Schnabeltier! Buben, wie oft habe ich sie schon erzählt, die Geschichte von Schahatan, dem Fürsten der Unterwelt? He, sagt es selber!"

„Noch nie, Vater Huhur! Erzählt!", klingt es im Chor.

„Ja", ruft ein kleiner Knirps, „und gestern war ich gar nicht dabei!"

„So hört, ihr Buben! —Du dort, schleich dich fort! Du brauchst es nicht zu hören!"

„Ich bleibe!", erklärt die Schöne. „Ich höre dich auch gerne erzählen! Du erzählst so schön!
Wenn man dich hundertmal hört, so gefällt es einem doch wieder!"

„So bleib! Ich habe immer gesagt, dass du das hübscheste Mädchen seiest und gescheit dazu! Wenn ich noch jung wäre, so würde ich vor deiner Türe singen!"

„Ach geht! Ich will ja keinen! Und erst singen! — Wenn man schon die ganze Nacht nicht schlafen kann, wenn alle Hunde daheim sind! Nein! Erzählt lieber!"

„So hört, ihr Buben!"

Der Alte räuspert sich tief und spuckt weit über das Geländer hinaus.

„Was ich jetzt erzähle", beginnt Huhur mit feuchten Augen, „was ich jetzt erzähle, ist seit ungezählten Menschenaltern überliefert worden; es ist ein heiliger Bericht, eine Göttermär, hört, ihr Buben:

In der Unterwelt saß Schahatan, der Fürst der Tiefe. Um seine Stirne glänzte das Diadem des Todes, vor ihm aber standen seine vier Leibeigenen: Der Dämon der Lüge, der Dämon der Habsucht, der Dämon der Lust und der Dämon der Rache. Und der Dämon der Lüge erhob seine Stimme und sprach: Fürst, ich war bei den Menschen, aber sie opferten mir nicht; denn sie sind glücklich, weil sie die Wahrheit lieben! Und der Dämon der Habsucht sprach: Ich war bei den Menschen, aber sie opferten mir nicht; denn sie sind glücklich, weil sie zufrieden sind! Und der Dämon der Lust erhob seine Stimme und sprach: Ich war bei den Menschen, aber sie opferten mir nicht; denn sie sind glücklich, weil die Arbeit ihr Vergnügen ist. Und auch der Dämon der Rache sprach: Ich war bei den Menschen, o Fürst, aber sie opferten mir nicht; denn sie sind glücklich, weil sie sich lieben! Da erhob sich Schahatan, der Fürst der Tiefe, von seinem Thron. Und er nahm von seiner Stirne das Diadem des Todes. Und er streckte es aus über die Häupter seiner leibeigenen Dämonen und sprach: Ich werde zu den Menschen gehen, und sie werden anbeten das Diadem des Todes, und sie werden opfern dem Fürsten der Tiefe! Sie werden aber opfern ihre Weiber und Kinder; sie werden opfern ihr Glück und die Arbeit ihrer Hände; sie werden opfern die Wahrheit und die Zufriedenheit und die Reinheit und die Liebe! Und Schahatan, der Fürst der Tiefe, nahm das Kleid der Seejäger, fuhr durch eine Felsenspalte, und zog nach Hadan, dem Seedorfe der Menschen. Dort fand er die Mutter der Seejäger und sprach zu ihr: Du bist schön wie der Dämon des Lichtes! Nimm diese Krone und zünde mir ein Opferfeuer an. Und Hawah, die Menschenmutter, nahm die Krone und betrachtete sich in dem Spiegel des Sees. Und sie schlug ein Opferfeuer an und opferte Schahatan, dem Fürsten der Tiefe. Da kehrte Hadaman heim von der Jagd, und Hawah setzte ihm die Krone aufs Haupt. Als aber Hawah die Krone wieder nehmen wollte, um sie auf ihr

Haar zu setzen, da sprach Hadaman: Sie ist mein! Hawah jedoch sprach: Sie ist mein! Und es gab einen großen Streit in Hadan. Und die Fische flohen in die Tiefe, und die Tiere des Urwaldes heulten auf, und Schahatan fuhr daher im Gewitter der Nacht. Und er sah, dass die Menschen ihm die Wahrheit und die Zufriedenheit und die Keuschheit und die Liebe opferten. Da sandte Schahatan die Goldpfeile seiner Wolken auf Hadan und das Seedorf verbrannte. Die Seejäger aber mussten ausziehen unter die Tiere des Waldes, und sie opferten dem Dämon der Lüge und dem Dämon der Habsucht und dem Dämon der Lust und dem Dämon der Rache! So kam das Metall des Todes unter die Menschen, das Gold. Lasset uns Bronze gießen!"

Dicht an der Feueresse steht eine ganze Reihe von Gussformen aus Sandstein, die sorglich in weichen Lehm eingebettet sind: Gußformen für Schwert- und Dolchklingen, Lanzen- und Pfeilspitzen, Sicheln, Lappenäxte und Düllenmeißel für Armspangen, Ringe, Schmucknadeln, Gehänge, Kultusobjekte, Spielzeuge ... Die Blütezeit der Bronzeperiode stellt eine Hochkultur des Kunsthandwerks dar, das der Fabrikation moderner Massenartikel in feinen Schönheitswerten oft mehr als vorbildlich sein konnte.

Mit feierlicher Miene greift Huhur nach dem tönernen Gußlöffel, füllt ihn aus der Tiegelmasse und gießt sie mit priesterlicher Sorgfalt in die dumpf zischenden Formen. Alles ist still wie am Opferstein im Urwalde: der Pfahlbauer gießt seinen Kulturgeist in die Archive der Nachwelt ... da schlägt ein Wachthund an!

„Seht dort ... dort kommt ein Fremdling!", schreit ein kleiner Wicht wie am Spieß. Alles blickt nach dem Lande. Aus dem Gebüsche am Waldrande wankt eine müde Gestalt, barfuß, auf

einen rohen Ast gestützt; seine Kleider sind zerrissen, und um seine Stirne hat er ein blutbeflecktes Tuch gebunden ... Panides!
Besuch im Seedorf bedeutet immer ein Fest. Und gar jener dort! Das ist ja der Schmuckhändler, der gestern hier war, und nun in welchem Aufzuge! Ist er unter die Bergräuber gefallen?
Wie gebrochen stolpert Panides über die Landbrücke; er scheint so schwach zu sein, dass er sich mehrmals am Geländer halten muss, um auszuschnaufen. Auf dem Roste angekommen, wird er von der Masse der gaffenden Weiber und Kinder fast erdrückt. Da drängt sich durch die Menge ein junger Mann von vielleicht zwanzig Jahren. Aus seinen seetiefen Augen blickt schon der Ernst des werdenden Mannes.
„Was willst du hier?", fragt er mit der Einfachheit des Naturmenschen, die nichts Geziertes und auch nichts Beleidigendes an sich hat.
„Ich... ich suche ... bist du nicht Warwin, der Sohn Helwehs?"
„Ja! Was möchtest du?"
„Ich suche ... ein Obdach für die Nacht!"
„Es sei dir gewährt! Du bist der fremde Schmuckhändler, der bei uns war?"
„Ja! Gestern war ich der Schmuckhändler Panides. Heute bin ich der Bettler Panides, der dich um einen Bissen bittet!"
„Wie kam das?"
„Ein Schurke hat die harmlosen Wanderer im Schlafe überfallen!"
„Kennst du ihn?"
„Ja, und du auch! Es ist Taran mit seinen Raubgesellen!"
„Taran? Das hat er noch nie getan!"
„Der Dämon des Goldes hat ihn erfasst, und der Geist des Hasses hat ihn verblendet! Er sah mein Gold und hörte die Worte

des Ruhmes, die ich über Helweh, deinen Vater, sprach. Da erfasste ihn der Neid des streitenden Hundes und er schlich uns nach. Ich allein entkam, weil er mich für tot hielt."
„Warum kehrtest du hierher? Ein anderes Dorf wäre näher gewesen!"
„Ja, aber das ist mit Taran befreundet!"
„Wer hat dich verbunden?"
„Ich selbst!"
„Dein Kopftuch zeigt die Gewebe des Tarandorfes!"
„Eine Beerensucherin hat es mir gegeben."
„Umsonst?"
„Nein! Ich hatte für solche Fälle einige Tauschringlein aus Gold in meinen Gürtel gesteckt, Taran hat sie nicht gefunden — schau her!"
Panides greift in den Ledergürtel und hält dem Fürstensohn wirklich einige Ringlein aus Goldblech hin.
„Behalte sie! Dem Gaste nimmt man nichts ab, und der Unglückliche soll sein wie einer von uns! Komm in meine Hütte!"
Warwin geht ihm voran.
In der Hütte Helwehs stärkt sich Panides an Speise und Trank mit scheinbarem Heißhunger. Hernach setzt er sich auf eine Ruhebank vor dem Eingange und beobachtet verstohlen die Umgebung. Der Fürstensohn ist nach der Gussstätte gegangen, und Panides ist dessen froh; Warwin stellt oft so unbequeme Fragen, dass der Grieche das unbestimmte Gefühl hat, der Jüngling misstraue ihm. Sinnend schaut der „Unglückliche" nach dem sterbenden Abendrot. Leise sinkt die Dämmerung; nur die höchsten Häupter Cheluetiens tragen noch glühende Kronen. Friedlich spielt der kühle Abendwind mit den plätschernden Wellen um die Pfähle, hie und da schnalzt ein Fischlein nach einer tanzenden Mücke, und der Raubfisch be-

schleicht das Fischlein und der Mensch den Raubfisch; denn er ist der größte Räuber, der auch seine eigene Art so wenig verschont wie der unersättliche Hecht.
Da naht von den Pflanzäckern der Waldblöße ein Trupp von Leibeigenen; es ist Feierabend. Gesenkten Nackens kommen sie über die Brücke; sie werden gut gehalten; sie sind die Stützen der arbeitenden Frauen, und diese haben ein weiches Herz, gönnen ihnen Rast und Speise, auch hin und wieder ein gutes Wort; aber ihrer Stirne fehlt das Diadem der Freiheit … gestorbene Menschen!
Teilnahmslos trotten sie an Panides vorbei — ah! Der dort! Ist das nicht Tharman, der einstige Seejäger vom Groppensee? Panides hinkt ihm achtlos nach und gibt ihm einen verstohlenen Wink. Die beiden treten an das Geländer und deuten gleichgültig nachjagenden Fischen; aber ihr Gespräch scheint dafür weniger gleichgültig zu sein.
„Du bist Tharman?", fragt Panides.
„Ja, du kennst mich?"
„Ich bin Panides."
„Ah! Der Schmuckhändler?"
„Der vor drei Jahren bei dir war!"
„Und der meine Tochter durch seine schmeichlerischen Worte …"
„Schweig, alter Ziegenbock! Sonst meckerst du noch die Neugier der Weiber aus den Hütten! Jetzt handelt es sich um deine Freiheit, wenn …"
„Haaah! Grab und Fäulnis bin ich! Beim Dolche meiner Rache …"
„Noch ein lautes Wort, und ich gehe wieder!"
„Oh, Panides!", flüstert Tharman mit stockendem Atem, „Panides! Gib mir die Freiheit, und ich will dein Hund sein. Kaufe

mich, und ich will für dich alles tun. — Nur wieder in die Weite, in die Freiheit!"
Panides zeigt auf eine vorüberflatternde Fledermaus:
„Frei wie diese sollst du sein, wenn du … hm!"
„Wenn du … sprich, Panides, um aller Teufel willen!"
„Wenn du mir, Tharman … hm, ja, einen kleinen Dienst erweisen willst!"
„Einen kleinen Dienst? Oh, Panides! Den Säugling an der Mutterbrust will ich erwürgen um meine Freiheit! Den Ungeborenen will ich zertreten um die Luft des Urwaldes!"
Da zieht Panides einen heimlich versteckten Dolch:
„Tharman, sieh her: Dieser Dolch fährt in dein Herz, wenn du mich verrätst — die Freiheit ist dein Lohn, wenn du mir drei Tage dienen willst! Tharman, schwöre auf diesen Dolch!"
Da legt der Leibeigene Helwehs seine Hand auf die Klinge:
„Bei den Manen meiner Ahnen! Diese Hand soll Sklavenzwingen tragen in Ewigkeit, und Schahatan mag mich an die Felsen seines Thrones schmieden, wenn ich zum Verräter werde!"
„Tharman! In einer der nächsten Nächte werden die Taraner kommen und die Helwehner zu ihren Leibeigenen machen! In jener Nacht wirst du … Tharman, wie stehst du mit den Hunden?"
„Sie sind meine einzigen Freunde auf Erden! Ich habe sie schon längst gewonnen für einen Fluchtversuch! Sie werden mich nicht verbellen! Pass auf! Halaaoh — haloooh!"
Um die nächste Hütte kommt lautlos ein struppiger Hund gerannt und springt ohne Laut am Leibeigenen empor und aus einer offenen Türe kugelt sich ein ganz junger Köter heran, um sich auf die Fußspitzen seines unfreien Gebieters zu wälzen.

„Gut, Tharman! Diese struppigen Scheusale werden dir die Freiheit bringen! Du wirst sie in jener Nacht zu dir nehmen; es darf kein warnender Laut ertönen!"
„Ich werde sie erwürgen, einen nach dem andern!"
„Und wenn diese Koserei zu lange währen sollte, so wirst du ..."
„Ich werde sie unter Wasser halten, bis ihr Gedächtnis schwindet!"
„Die Fische werden dich dafür segnen, du treue Seele! Nun gehe schlafen und träume von den Jagden des Urwaldes und von Hochzeit mit Helwehs Töchtern, wohligen Schlummer!"
Vom Urwaldrande verhallt ein Hornstoß, Kienfackeln leuchten auf: die Jäger kommen heim, voran die müden Hunde mit hängender Lefze. Der Einzug der Jäger aber ist ein Triumphzug urzeitlicher Jagdromantik: Voran mit trotzig-stolzer Miene schreitet Helweh, eine Wettereiche von etwa fünfzig Jahren. Wuchtig trotzt sein Bart dem Abendwind. Sein Haar fällt wie hundertjähriger Tannenbart auf den sonnverbrannten Bisonnacken, in der Mitte von einer Zierspange zusammengehalten.
Das schwere Bärenfell scheint ein Stück seines eigenen Ichs zu sein, und der schwertbewehrte Gürtel umfasst die königlichen Lenden wie ein Diadem. Wie ein Gott des Urwaldes schreitet er am blutigen Speere daher. Hinter ihm tragen vier stämmige Jäger eine noch mit Efeu verzierte Bahre aus abgezwängten Eichenknorren. Dazwischen hängt der überwundene Räuberfürst der Juraschluchten, der braune Bär! Noch tropft der dunkle „Schweiß" von seiner hängenden Zunge. Ihm folgen mit schweigender Würde die trotzigen Jäger mit blitzenden Waffen. Der Tag war gut; denn in ihrer Mitte schleppen sie an einem Aste einen scheußlichen Eber, und den Schluß bildet ein

blumengeziertes Pferd, mit einem hochgekrönten Hirsch beladen. Als Nachtrab folgen einige abgetriebene Hunde mit eingezogenen Ruten, und noch hört man in den Jurazügen droben einen übereifrigen Kläffer unentwegt weiter jagen.

Ein wahrer Wolkenbruch von Triumphgeheul empfängt die heimkehrenden Helden, und bald steigt der Rauch des Festmahles in trotzigen Schwaden zum nächtlichen Himmel empor. Die Jäger sitzen in Gruppen um einen riesigen Topf, in welchem der Eberkopf samt den wilden Borsten brodelt. Dazu werden die Heldentaten des Tages erzählt.

Helweh sitzt vor seiner Hütte, noch im vollen Jägerschmuck. Warwin erstattet ihm Bericht von der Ankunft des Fremdlings.

„Wo ist er ... Panides?", fragt Helweh.

„Panides!", ruft der junge Fürst durch die halbgeöffnete Türe und der Gerufene tritt heraus, wehleidig wie ein geschlagener Hund:

„Ein Unglücklicher bittet um den Schutz deiner Hütte, o Fürst!"

„Er sei dir gewährt!"

„Ich danke dir, o Fürst! Nimm dafür meine letzte Habe!" Panides hält ihm die Goldringlein hin.

„Behalte sie!", entgegnet der Fürst, aber sein Blick starrt auf das blinkende Gold.

„Ich bitte dich, o Fürst, die kleine Gabe des Dankes anzunehmen! Taran wird mir seinen Raub wiedergeben müssen!"

„Das wird er nicht!"

„Du wirst mir dazu verhelfen!"

„Ich?"

„Ja, o Fürst! Taran hat dir deine Ehre genommen und du wirst ihm dafür seine Freiheit und feines Gold nehmen!"

„Meine Ehre? Fremdling! Was sprichst du!"

„Taran singt ein Lied, das deine Feigheit verkündet. Er hätte dich zum Kampfe gefordert, und du seiest geflohen!"
„Tod und Verdammnis!" Der Fürst ist aufgefahren wie ein gereizter Bär.
„Wann hast du das gehört?", fragt Warwin dazwischen.
„Als ich bei ihm war, als der Sommer das letzte Mal über die Steppe ging!"
„Warum hast du uns das nicht gesagt, als du kürzlich bei uns warst?"
„Weil ich keinen Rachekrieg anzünden wollte!"
„Warum sagst du es jetzt?"
„Weil auch ich nun eine Rache gegen ihn habe! Ich habe ein Mädchen der Taraner betört, welches mir nachts die Brücke schlagen wird, und — ihr folgt mir!"
„Wann hast du dieses Mädchen getroffen?", fragt Warwin ruhig.
„Heute, im Walde beim Beerensammeln."
„Der Plan ist gut! Panides! Der Plan ist ausgezeichnet!", keucht Helweh mit verbissenen Zähnen „Das Lied will ich dem Taran in der Kehle erwürgen!"
„So nimm dieses Gold, o Fürst; du siehst daraus, wie sicher ich meiner Sache bin! Ich werde mein Eigentum wiederholen!"
Langsam, unschlüssig streckt Helweh die Hand darnach aus.
„Metall des Todes!"
Wer hat es gerufen?
Der Fürst sieht sich um. Dort schreitet der alte Huhur seiner Hütte zu!
Der Fürst zuckt zurück, doch der Dämon des Goldes leuchtet aus seinen Augen und ... da glänzt es schon in seiner Hand!
Im Naturmenschen fährt die Leidenschaft auf wie ein Lavastrom, urgewaltig und alles versengend. Der Kulturmensch

dagegen züchtet sie, raffiniert sie, kultiviert sie, fördert sie künstlich und schmückt sie zur Moral.
Helweh steckt das Gold in seine Gürteltasche. Panides ist diesem an und für sich gleichgültigen Umstande mit teilnahmslosen Blicken gefolgt. Während des Mahles darf er an der Seite des Fürsten sitzen. Man bespricht nicht mehr die Jagd, sondern den Rachezug gegen die Taraner; die Aussicht auf Rache und Gold haben die Naturfreuden des Jägers in den Hintergrund verdrängt. Mit erhitzter Phantasie steigt man in die Felle. Panides schläft in einem eigenen Gemache neben Helweh. Dieser scheint schwer zu träumen; denn er dreht und wendet sich unter Ächzen und Schnauben, spricht mit sich und schlägt mit der Faust an die Wand. Nach Mitternacht dringt fahles Mondlicht durch die Ritzen der Hüttenwände. Stumm liegt der See, als wollte er horchen auf die Geheimnisse der Nacht. Aus dem Urwalde dringt der unheimliche Ruf des Totenkauzes: uh, uuuh, uuuh! Nichts regt sich im Dorfe; selbst die müden Hunde sind still; nur hie und da winselt einer im Traume auf und rudert mit den Beinen. Da tritt Helweh aus seiner Hütte, lautlos und ängstlich wie ein Verbrecher. Auf den Fußspitzen schleicht er nach der nächsten Hülle, wo seine Vorräte, Massen und Trophäen sind. Von einem Gestell seines Heiligtums nimmt er dort einen Kochtopf, der mit Heilkräutern angefüllt zu sein scheint. Sachte greift er eine Handvoll heraus — und noch eine ... da glänzt es im Mondlicht auf: Gold — der Schatz des Pfahlbauerfürsten — Ringe, Gehänge, Amulette. Er greift eine Handvoll heraus. Die Finger des urstarken Mannes scheinen zu fiebern, seine Augen weiten sich wie die Lichter der Wildkatze vor dem Sprunge. Er scheint wie von unsichtbaren Mächten gebannt.
Metall des Todes!

Im Fruchtabteil, wo die Mahlsteine liegen, knuspert eine Wasserratte. Sonst ist alles still. Doch da! Was war das?
„Wer ist da?"
Helweh, der Fürst und Krieger, zittert wie ein Espenlaub! Der Aberglaube hat ihm seine Haare gesträubt; denn dort ist ein Schatten an der Wand entlang gehuscht. War es ein Hund? Oder ein verirrter Dämon des fahrenden Heeres? Es muss ein Hund gewesen sein; denn dort drüben winselt einer! Schnell wie ein Dieb lässt er das Gold im Topfe verschwinden, greift nach der Gürteltasche, steckt auch das heutige mit hinein und die Kräuter obendrein. Dann stellte er den Topf wieder hin, will gehen, kehrt um, schaut noch einmal hinein und stellt ihn an einen anderen Ort. Unter dem Eingange seiner Hütte bleibt er noch lange lautlos stehen und verschwindet wie ein Wolkenschatten.
In der Morgendämmerung kommt Helweh wieder aus seinem Waffengemache. Sein Antlitz ist heiter — der Topf ist noch dort samt Inhalt! An diesem Tage zeigt Panides eine besondere Vorliebe für die Hunde: er füttert sie und spielt mit ihnen. Aber nicht alle lassen sich von ihm anfreunden. Mehrere, besonders die alten Spurfinder, zeigen ihm die Zähne. Tharman schaut ihm zu und merkt sich die bissigen Köter. Niemand achtet auf diesen billigen Zeitvertreib. Hoch droben an der Weißfluh steigt ein dünner Rauch auf. Niemand hält sich darüber auf. Es werden wohl Beerensammler sein, die sich dort etwas Warmes kochen; denn es ist Mittag. Die Jäger sind heute nicht ausgezogen; sie sind müde vom gestrigen Jagen und Essen. Sie reinigen ihre Waffen, gehen dem Fischfang nach oder schlafen auf den Fellen.
Der Tag geht vorüber wie ein anderer, und die Menschen legen sich nieder wie sonst.

Panides hat sich am Ufer gewaschen und den Mantel über das Geländer der Brücke geworfen. Auf dem Rückweg vergisst er ihn mitzunehmen.
Dort hängt der Mantel!
Während des Mahles stellt Warwin plötzlich die Frage:
„Panides, ist deine Kopfwunde gefährlich?"
Der Gefragte schaut ihn wehmütig an, aber hinter seinen Augen flackert ein unsicheres Licht.
„Der Schmerz hat um vieles nachgelassen, o Fürst. Ich glaube nicht, dass ich gezwungen bin, deine Gastfreundschaft über Gebühr in Anspruch zu nehmen!"
„Ich fragte nicht aus diesem Grunde. Diese Türe steht offen, so lange du willst! Zeig mir deine Wunde; ich will sie untersuchen."

„Ich danke dir, o Fürstensohn, für deine sorgliche Freundlichkeit: doch glaube ich für heute deiner Hilfe entsagen zu können, da ich soeben den Verband erneuerte. Morgen wäre ich dir freilich dankbar, wenn du mir deine kundige Hand leihen wolltest!"
„Gut, also morgen!"
Der junge Fürstensohn scheint beruhigt zu sein; denn er geht zeitig zur Ruhe. Panides ebenso! Aber der jagende Puls lässt ihn nicht schlafen; er will es auch nicht; denn die Entscheidung naht!
Sein Mantel hängt am Geländer!
Mitternacht ist vorüber. Am nächtlichen Himmel fliehen die Wolken wie vor unsichtbaren Gewalten, und unter ihnen auf Erden rasen ihre Schatten wie Nachtgestalten des jagenden Heeres über Büsche und Schluchten und Steppe.

Und wieder tritt eine schleichende Gestalt aus Helwehs Hütte und drückt sich den Wänden entlang nach der Wasserkammer: Panides!
Er hält inne und horcht. Alles still.
Nur unter dem Pfahlrost macht sich ein heimliches Glucksen und Gurgeln bemerkbar, das nicht nur vom Wellenspiele herrühren kann. Panides grinst wie ein lauschender Faun; er weiß, was dieses Gurgeln bedeutet: Tharman erwürgt die Hunde! Jetzt nur noch ein einziger Gang, aber der wichtigste: Taran soll das Gold Helwehs nicht haben!
Der Grieche verschwindet im Trophäengemache und erscheint nach einer Weile mit dem Topfe. Durch
eine Falltüre, die sonst als Abfallgrube benutzt wird, verschwindet er wie ein Erdgeist und schwimmt geräuschlos dem Lande zu. Dort hat der Wellenschlag das Gestade unterwühlt. Noch einen scheuen Blick aus die Umgebung, und der Topf ist unter dem überhängenden Rande verschwunden. Einige Steine sichern ihn vor Wegschwemmung durch die Brandung. Panides kehrt zurück; sein Hauptwerk ist getan: Der Goldschatz ist beiden feindlichen Stämmen entrückt!
Jetzt steht der Grieche an der Schlagbrücke und lauscht.
Aus dem Urwalde tönt wieder der Schrei des Totenrufers. Panides antwortet mit dem „Gebrüll" der paarenden Rohrdommel. Der Totenruf kommt näher ... immer näher.
Leise knarrt die Zugbrücke.
Da! —
Panides zischt einen verhaltenen Fluch. Unter Helwehs Türe erscheint ein Kopf ... Warwin!
„Panides, was tust du? Willst du ... "
Vom Gestade her stürmen dunkle Gestalten. Gelbes Metall blinkt im Mondlichte.

„Horruuh! Verrat! Horruh!" tönt der Warnruf durch das schlafende Dorf. — Zu spät! Auf den Rost stürmen die Scharen der wilden Taraner, voran wie ein wütender Bison ihr Führer, Taran, mit geschwungener Streitaxt. Aus der Hütte tritt Warwin. In seiner Faust blinkt das Bronzeschwert; seine Linke hält den erzbeschlagenen Lederschild.
„Was wollt ihr?"
„Rache! Nieder mit dem Buben!"
Wildes Waffengetöse schrillt durch die Nacht.
„Feige Hunde!", ruft der Fürstensohn, an die Hüttenwand gelehnt und sich mit gewaltiger Kraft verteidigend. „Hinterlist und Verrat ist eure Tugend! Helwehner hoch! Lieber tot als leibeigen!"
Überall ist es lebendig geworden. Aus den Hütten stürmen die Helwehner wie verwundete Wildeber. Funken sprühen auf den prallenden Waffen. Todesschreie vermischen sich mit dem Jammer der Weiber und Kinder. Hundegeheul und Waffengetöse ruft das Echo im Urwalde, dringt über den See und weckt die schlafenden Dörfer!
Dort kämpft Warwin Seite an Seite mit seinem Vater, noch unverwundet, gegen die stürmende Überzahl der Feinde. Unter dem Anpralle der von Rachewut getriebenen Stürmer zittern die Hüttenwände. Die Verteidiger kämpfen wie Wettersturm und Urwaldriesen; aber sie können sich nicht zur Stoßtrupps vereinigen. Ihr Schicksal scheint besiegelt zu sein.
„Zurück!", donnert Helweh mit Bärenstimme, „zurück in die Hütten! Nehmt Pfeile und Speer!"
Einen Moment scheint der Kampf abzuflauen.
Da leuchtet auf der Windseite eine Flamme auf; prasselnd fährt sie, vom Winde getrieben, am Schilfdache zum First empor.

Panides und Tharman haben Feuer gelegt und die sprühende Flamme lechzt weiter.

Mit rasendem Geheul wird die Tat begrüßt! Die nächtlichen Tiere des Urwaldes schweigen in stummer Ehrfurcht: denn im mondlichtbeschienenen Wassernebel fährt der Tod über das unglückliche Seedorf.

„Lieber tot als leibeigen!", ruft Helweh mit Donnerstimme und fährt wie ein Habicht zur Türe heraus.

„Lieber tot als leibeigen!", knirschen seine Krieger und stürzen sich mit dem Mut der Verzweiflung auf die Gruppen der erbarmungslosen Feinde. Weiber und Töchter in aufgelösten Haaren und Gewändern springen mit an die Brust gedrückten Kleinen über das Geländer in die Fluten und suchen schwimmend und watend und keuchend ihre Kähne zu erreichen.

Doch ihre herzzerreißenden Schreie verschwimmen im Toben des Kampfes.

Ganze Knäuel wutrasender Gegner wälzen sich in tierischer Wut über die Rostbühne; stumme Gruppen halten sich am Boden verkrallt und würgen sich mit erschlaffenden Kräften langsam ab. Stiernackige Kämpfer drängen sich ans krachende Geländer und brechen mit ihm durch, um den grausigen Vernichtungskampf in den aufspritzenden Fluten fortzusetzen.

Und hoch über ihnen wölben sich die surrenden Flammen zu einem lebendigen Feuerdom, dessen blutige Türme sich zu einer funkenregnenden Wolkensäule verwirbeln und den dicken Qualm wie ein feuerspeiender Berg mit blutigem Wetterleuchten durchzucken.

Helweh wälzt sich noch in einer kämpfenden Rotte; neben ihm steht mit bluttriefendem Haare sein Sohn wie eine Forelle im schäumenden Bachwirbel.

Verzweifelnd wegen der Rettung der Seinen will er sich kämpfend in den Tod stürzen — da sieht er Panides! Neben ihm erblickt er dessen verräterische Genossen, Hirom und Lydon, die ebenfalls zum Scheine mitkämpfen. Da erhält Hiram von einem Helwehner einen Achselhieb und sinkt mit einem gräßlichen Schrei auf den Rost. Panides bückt sich zu ihm nieder und — stößt ihm seinen minoischen Dolch in die Brust. Die Geieraugen Hirams weiten sich im Todeskampfe. Metall des Todes!
„Schahatan!", ruft Warwin in wildem Aufsprunge. „Schahatan von Hellas! Nur noch dich!"
Mit Übergewalt reißt er sich los — da sieht er noch einen kleinen Knaben von etwa vier Jahren, der, an den Türpfosten einer brennenden Hütte gebunden, halb verbrannt in der Glut wie ein springender Fisch aufschnellt.
Ein barmherziger Pfeil macht seiner Pein ein Ende.
Wo ist Panides?
Er ist verschwunden!
Hier im aufwallenden Wasser an der Außenseite des brennenden Dorfes steigen gurgelnde Blasen auf.
Hier unten kämpfen noch zwei.
Ah! Dort schwingt sich der Grieche über das Geländer; er verfolgt ein fliehendes Mädchen.
Wie der Blitz ist Warwin hinter ihm, fasst ihn am Oberarm und ... da entschlüpft ihm der Geschmeidige wie ein Aal; denn er hat sich nach Art griechischer Kämpfer mit Öl eingerieben.
Wie ein jagender Raubfisch stößt er nach dem Gestade, der Häuptlingssohn ihm nach ... er wirft noch einen Blick auf den ermattenden Kampf — dort ist alles verloren!
Nur noch diesen Teufel der Lüge und dann? Und dann? Warwin ist hart hinter dem Flüchtigen. Panides ist ein gewandter Kämpfer; wie ein Steinbock schnellt er dahin.

Warwin würde ihn trotzdem eingeholt haben, wenn er nicht von der Aufregung des Kampfes ermattet wäre.
Noch sieht er den Flüchtigen deutlich; denn die Gegend ist blutig erleuchtet. — Aber, wenn die Jagd auf Leben und Tod den Urwald erreicht, so dürfte Panides gerettet sein.
Der sehnige Seejäger setzt daher dem Griechen mit wahren Gemssprüngen nach.
Der Waldrand naht! Da legt Warwin einen Pfeil auf die Bogensehne — o weh! Der schlanke Pfeilschaft ist im Kampfgewühle zerbrochen. Schnell ein anderer! Da! Ah! Wo ist Panides? Dort im Schatten einer Erlenstaude schlüpft er eben in das Dunkel des Urwaldes.
Warwin setzt mit dem Hunger der Wut nach. Wie er den Urwaldschatten erreicht hat, hält er augenblicklich inne und lauscht — dort im Laube raschelt es!
Noch einmal! Vorwärts! In vier Sekunden ist er dort und — schlägt sich vor die Stirne:
„Ich dreifacher Narr! Dort im Buschwerke hängt ein Aststück! Jedenfalls von Panides geworfen, um seinen Verfolger zu täuschen. Woher?"
Warwin hält inne und steht bewegungslos. Kein verdächtiges Rascheln, kein Hauch und kein Blatt verrät den schlauen Griechen.
„Ich bleibe auf der Lauer — wenn es sein muss, bis zum Morgen. Dort drüben ist doch alles verloren! Soll ich mich nutzlos opfern, als leibeigen gefangen geben. Nein! Der Rache will ich mich weihen! Sie soll mir von heute an Atem und Pulsschlag sein!"
Warwin bückt sich nieder, gewöhnt sein Auge an das Dunkel der Umgebung und schleicht lautlos im Kreise das nahe

Buschwerk ab, kein Ästchen zittert, keine Tannennadel knistert — der gewandte Grieche scheint spurlos verschwunden!
Doch der Jäger lässt nicht vom Wild: Wie ein Marder windet sich der jagdgewandte Natursohn durch die Büsche, über Moos und Wurzelwerk — durch das wildverschlungene Schling- und Astwerk flackert das Licht der Brunströte. Wie blutige Dolche und Schwerter dringen die zuckenden Strahlen herein in den Wald, als suchte die Rache noch im nächtlichen Dunkel des Urwaldes nach Opfern.
Warwin steht auf einer bewaldeten Kuppe, enttäuscht, mutlos, verzweifelnd an der Zukunft, das Herz zerrissen von den Schauern der Vergangenheit.
Kein Stern leuchtet mehr am Himmel der Nacht. Ihm ist, als ob nie mehr ein Morgenrot über diesem Ort aufgehen sollte . . .
Dort oben zwischen den Wipfeln leuchtet die Bärenfluh im flackernden Widerschein des brennenden Dorfes; über die ganze Gegend weht der fahle Glutschimmer, oft halb verglimmend und wieder jäh aufzuckend, wie die Zornesröte über ein racheverzerrtes Menschenantlitz — tief unten aber liegt der dumpfglühende See wie geschmolzenes Gold.
Metall des Todes.
Über der Schreckensnacht leuchtet ein blühender Morgen auf. Die Sänger des Waldes jubilieren auf juwelengeschmückten Zweigen der Königin des Tages entgegen.
Noch steht Warwin auf der Urwaldhöhe wie ein vom Sturme gebrochener Stamm. Mit gebeugtem Nacken stützt er sich auf den Speer, dessen goldglänzende Spitze sich am Morgenstrahl entzündet. Sein Mund ist wie im Sterben halb geöffnet und sein herrliches Auge blickt ins Leere.

Plötzlich zuckt er auf wie von einem Axthieb getroffen: Vom Gestade herauf ist ein vielstimmiger Wehschrei an sein Ohr geklungen — dort werden die Leibeigenen abgeführt!
Ein stöhnender Atemzug entringt sich seiner bebenden Brust, und gleich einem brünstigen Hirsch jagt er durch die taustiebenden Büsche.
Am Rande der Dorfreute hält er keuchend inne.
Da kommen sie!
Voran Taran zu Pferde und hinter ihm die Wildgestalten seiner Krieger mit den Freiheitslosen: dort, Helweh, der Vater, mit zerrissenem Gewände, waffenlos, den Kopf geschoren, hinkend wie ein verblutender Ur, und dort die schöne Schwester, die gestern noch von goldenen Spangen und Haarpfeilen geträumt hat, gebunden, ein in der Schlinge gefangenes Reh ... und dort ... und dort! Warwin legt mit zitternder Hand einen Pfeil auf, Taran soll sterben, und dann ... ja, und dann? Welches wird das Schicksal seiner Lieben sein?
Nein! Der Schutz würde auch die Seinen treffen?
Der Zug der Leibeigenen wankt vorüber, die Frauen und Mädchen mit herzzerreißenden Seufzern, die Kinder mit leisem Wimmern, stumm gleich einer Geisterschar die Männer.
Panides aber ist nicht dabei! Aber auch Hiram fehlt!
Wo mögen diese beiden sein?
Über den See raucht das verwüstete Dorf, das Paradies seiner Jugend. Zischend fallen noch glühende Balken ins Wasser. Ein dicker Rauch lagert wie Schwermut auf dem Seedorf und bewegt sich vor der Morgenluft leise nach dem Urwalde. Was liegt denn dort im See? Der Lauscher bäumt sich wie ein Fischotter am Speere, stöhnt auf und wendet sich ab — planlos wankt er in die Tiefe des Urwaldes.

Jeder Absicht unbewusst, steht er plötzlich an den Gräbern seiner Ahnen. Da schlummern seine Voreltern unter dem Moose des Urwaldes in steinernen Gemächern samt Schmuck und Waffen. Hier wirft sich der Letzte seines Stammes auf die Knie und drückt seine Stirne an den Boden, als wollte er mit ihnen reden, die da schlummern.
Ringsum heilige Stille!
„Ihr Seelen der Manen, stehet auf! Erwacht, ihr Helden des Urwaldes! Euer Blut trägt die Fessel der Schmach! Die Söhne und Töchter eurer Lenden sind Hunde geworden."
„Rächet sie!"
Mit heimlichem Grauen schreckt Warwin auf; denn es hat wirklich jemand gerufen!
Dort an der alten Buche steht wie ein verwitterter Wurzelstock ... Huhur, der alte Bronzegießer! Seine Augen schauen wie aus einem hohlen Baum herüber, seine Locken fallen wie Urwaldnebel in die Stirn und der Bart ist von trockenem Blute zu wilden Strähnen verbacken; seine gekrallten Finger halten einen Bronzekelt mit eingelegten Goldstiften, den heiligen Grabspaten.
„Huhur! Du lebst?"
„Um zu sterben! Schau her, Sohn meines Fürsten!"
Der Alte reißt sein Hemd auf und zeigt eine gräßliche Brustwunde.
„Warwin! Jetzt will ich dir ein Geheimnis sagen, das sonst kein Sterblicher vernehmen sollte, wenn nicht die Rache mir das Herz geöffnet hätte: Ich weiß, wo du Gold findest. Metall des Fluches!"
„Ah! Gold! Was soll ich damit?"
„Der Rache dienen!"
„Wie? Huhur, sprich!"

„Das Gold soll auch die andern verderben!"
„Wie wird dies geschehen?"
„Das wird dir mein Geist sagen! Fürst, knie nieder und schwöre!"
„Ich schwöre ...!"
„Bei den Gebeinen deiner Ahnen!"
„Bei den Gebeinen meiner Ahnen!"
„Warwin, komm her und lausche meinen Lippen: Du kennst den Butzenbach im Großtale, wo der Rhodan rauscht?"
„Ja, Vater Huhur!"
„In seinem Oberlaufe hat er viele runde Töpfe aus dem harten Stein gefressen. Wasche diese Töpfe aus — Gold liegt darin. Fluch dir, wenn du dein Herz mit ihm vermählst! Deine Gebeine sollen unbegraben liegen und den Wölfen der Nacht zum Streite werden!"
„Huhur! Dein Wort soll mir ein Opferschwur sein Im Lichte des Tages und im Traume der Nacht!"
„Meinen Leib lass unbegraben! Lass ihn mit Steinen bedeckt sein, bis dein Wort Erfüllung geworden ist. Dann komm und senke mich in die Gruft der Manen! Verwünscht soll dein Geschlecht sein, wenn du in Frauenliebe deines Schwures vergissest!
Deine Kinder sollen die Hunde deiner Feinde sein, deine Seele soll irren im Grauen der Nacht wie Schahatan, der Vater des Goldes."
„Huhur! Vernimm den heiligen Fluch meiner Seele ..."
Huhur vernimmt nichts mehr!
Sein Haupt ist auf die Brust gesunken. Noch steht er, an die alte Buche gelehnt, als wolle er lauschen. Warwin legt ihn aufs Moos und singt den heiligen Totenraun.

Dann geht er nach der Brandstätte und sammelt aus dem Wasser einen Vorrat von Gerätschaften und Waffen; denn jetzt kann er nicht mehr ziehen — jetzt muss er fertige Waffen haben!

Während des Suchens kommt ihm der Gedanke: Wenn Huhur und er selbst nicht die Einzigen wären, die entkommen sind! Dieser Gedanke belebt ihn, gibt ihm neuen Mut. In weitem Umkreis sucht er die Gegend ab, von Zeit zu Zeit den Jagdruf der Helwehner ausstohend. Keine Seele gibt ihm Antwort!

Mit der Zähigkeit des Urjägers pirscht er weiter, doch ohne Erfolg. Am Nachmittag stößt er auf einen starken Hirschwechsel, und instinktiv verfolgt er ihn.

Er führt durch eine steppenartige Blöße. Da bleibt er plötzlich stehen: die Hirschfährte wird gekreuzt durch eine andere Fährte. Schon will er weitergehen; da fallen ihm die Spuren auf: es sind Eindrücke von Pferden; drei Pferde sind hier gegangen. Wer mag es sein? Drei Pferde, und daneben die Fußeindrücke von zwei Menschen. Heiß fährt es ihm auf: Schahatan, wenn es ... Panides wäre!

Panides und Lydon, die schuftigen Händler!

Aber — aber — warum führt die Fährte nach Osten? Sie waren ja von den Thurachern gekommen! Was wollten sie dort? Gleichviel! Hier gibt es ein Rätsel zu lösen, und Abrechnung mit den Schurken wäre jetzt Labsal!

Er nimmt die noch ziemlich frische Spur im Jagdfluge. Nach kurzer Zeit stutzt er wieder. Ah! Die Fährte biegt ab — nach den Jurazügen. Beinahe wird er irre an seiner Vermutung, aber wer weiß, was der Halunke von Hellas plant!

Es geht durch Bergwald und Blößen an Steinhalden empor — mit den Pferden!

Warwin glaubt zu träumen. Da und dort zeigen sich immer mehr die Scharrspuren der stolpernden und stürzenden Tiere. — Bei den Hunden des jagenden Heeres! Die Fährte zieht sich zur Bärenfluh hinauf! Sind die beiden Griechen wahnsinnig geworden?
Schritt für Schritt pirscht sich der Jäger hinauf, als wolle er einen windscheuen Steinbock beschleichen. Jetzt kommt die letzte Felskante. Er bricht einen Laubzweig ab, hält ihn wie vom Winde bewegt um die Kante und schaut hindurch: dort oben stehen die Pferde — ganz allein! Wo mögen die beiden Verräter sein! Warwin schleicht alle Felsnischen der Umgebung ab — nichts von den zwein! Die Lasttiere sind an eine Föhre gebunden und haschen nach den nahen Zweigen.
Ein lautloser Katzensprung bringt ihn zu den Pferden, sie wollen scheuen — ein fester Griff, ein Tätscheln macht sie ruhig.
     So! Jetzt müssen sie um ihr Leben kämpfen, die beiden Raubvögel, wenn sie ihre Pferde wieder wollen!
Ein Kampf auf Leben und Tod ist jetzt die einzige Medizin, an der Warwins Gemüt gesunden kann! Die Tiere sind beladen. Ha! Wenn das Gold noch da wäre! Seine Finger zittern, wie er an den Riemen der Ledersäcke nestelt! Was ist das? Das da? Seine Augen weiten sich; seine Brust geht hoch; denn hier, da in seiner Hand strahlt im Sonnenlichte eine herrliche Goldschale — so groß wie der Haarboden eines Männerkopfes. Sie ist mit ausgetriebenen Buckeln übersät und mit durch Aussparung entstandenen Tierfiguren verziert. Diese kleinen Buckel geben dem Juwel im Lichte des Tages einen geradezu sprühenden Glanz. Wie sie blinkt und gleißt und lockt!
Metall des Todes!

Wie gebannt haften zwei geweitete Augen auf dem geheimnisvollen Schmuckgerät, das eine unsichtbare Kraft auszustrahlen scheint.
Da horcht der Staunende auf! Was war das? Ein unterdrücktes Stöhnen, Gurgeln? Wo war es? Hastig schiebt er die Schale wieder in die Tasche und lauscht. Stille ringsum — nur das pfeifende Krächzen eines Felsenfalken dringt an sein Ohr. Horch! Da wieder! Und jetzt ein Lachen wie der Schrei eines kreisenden Bussards. Dort fällt der Bärenfels jäh in die Tiefe.
Von dort herauf kam es!
Auf allen Vieren schleicht Warwin nach der Kante, reckt den Hals darüber hinaus und starrt auf eine Szene, bei der ihm das Blut erstarrt!
Tief unten an den Felsen kniet Panides auf der Brust Lydons und hält mit der Linken dessen wulstigen Hals umklammert. Aus dem blutüberströmten Gesichte stieren zwei krampfhaft aufgesperrte Augen zum Himmel empor!
Kein Zweifel! Der Teufel von Hellas erwürgt sein zweites Opfer!
Lautlos zieht sich Warwin zurück und sucht nach einem seitlichen Abstieg. Da schlägt er sich plötzlich vor die Stirne:
„Bei Schahatan! Bin ich bei Sinnen? Der dort unten ist nicht mehr zu retten, aber das Gold! Ha, Panides! Wenn ich dich auch nicht erwischen sollte, deine Seele hab' ich schon; denn sie hängt am Golde!"
Ein hastiger Sprung bringt ihn auf einen Felsabsatz. Dort reißt er vorsichtig den Moosteppich auf, ungefähr von der Grösse eines Schultertuches. Jetzt nur schnell die Beute her. Oh, diese wunderbare Schale, und diese Prunkgehänge. Panides! Dein Leben voll Schlechtigkeit war umsonst gelebt! Hinein mit dem Geschmeide! Auch das Gold des Lydon und Hiram wandert ins

Versteck; denn auch sie waren mitschuldig am Verrate und Warwin ist nun ihr alleiniger Erbe. Ein Wonnegefühl durchzuckt den Jäger. Schon will er sich zum Abstiege wenden, da fällt ihm unter der Pferdedecke des Griechen eine Ausbuchtung auf, die er vorhin nicht beachtet hatte. Was mag das sein? Er greift darnach. Ein Topf! —Hervor damit!
Vielleicht Glasperlen und Ähnliches!
„Waaas? Das ist ja ... bei allen Geistern des Totenfeldes. Das ist das Gold meines Vaters!
Lass uns ganze Arbeit machen, Panides!"
Die Decken und Säcke fliegen auseinander. Keine Naht soll unbeachtet sein, und es war gut so; denn in Lydons Decke findet sich ein sorgfältig in Rehfell gewickeltes Töpfchen von taranischer Arbeit. Warwin greift sich in die Haare:
„Bin ich denn selber irrsinnig geworden? Das ist ja der Goldschatz Tarans, den er mit dem Heisshunger eines Wolfes zusammengescharrt hat!"
Tarans Gold! Warwin muss die Zähne zusammenbeißen, um nicht aufzujubeln! Taran ist ausgezogen, um Helwehs Gold zu rauben — kein Zweifel. Er fand es nicht, und indessen wurde ihm sein eigenes geraubt — von Lydon — und dieses Gold hat dem Räuber des Räubers den Tod gebracht!
Metall des Todes!
Der junge Krieger versorgt die Schätze mit wahrer Mutterliebe unter dem Moosteppich des Felsvorsprunges und streut eine Handvoll dürrer Tannnadeln darauf.
„So, meine Lieblinge! Euer Spielzeug ist versorgt! Hier wird kein Sterblicher einen Goldschatz vermuten! Wie wird Panides Augen machen!
Und erst Taran! Nun aber zur Abrechnung mit dem Buben dort unten!"

Warwin ist wie neu belebt, dass er seine Todfeinde um den Preis ihrer Schurkerei bringen konnte! Dieser Gedanke allein gibt ihm Lebenskraft!

Dies mag auch der Grund sein, dass er beim Abstiege durch eine seitliche Felsenspalte wohl etwas zu hastig war: Ein winziges Steinchen löst sich los und rollt plaudernd über die Vorsprünge.

Jetzt ist keine Zeit mehr zu verlieren; mit lautlosen Jagdsprüngen nimmt er die letzten Absätze. Wie er vorsichtig um die letzte Kante späht, blickt Panides bereits horchend auf und erblickt den ungebetenen Zeugen seiner Kainstat. Aufspringen und im nächsten Busche verschwinden, ist das Werk eines Augenblickes! Der Seejäger setzt ihm nach über Stock und Stein. Der Grieche aber ist ein wundervoller Läufer. Sei Verfolger ist geradezu entzückt über dessen elastische Sprünge. Leider hat Warwin in der Freude der Aufregung vergessen, seine überflüssigen Geräte und Waffen abzulegen. Dies hindert den gewandten Jäger zwar nur wenig, aber gerade dieses Wenige bildet hier das Zünglein an der Waage: Der Abstand verringert sich nicht. Über Felsen und Geröllhalden, durch Busch und Gestrüpp rast die wilde Jagd. Nach einiger Zeit wird der Fürstensohn gewahr, dass Panides einen Bogen schlägt. Aha! Er will zu seinen Schätzen zurück!

„Diese Freude soll er erleben — aber ich ebenso!", knurrt der Pfahlbauer ingrimmig und verlangsamt offensichtlich seinen Lauf, als wolle er die Verfolgung aufgeben. Dann aber stürzt er plötzlich seitwärts in die Büsche und arbeitet sich keuchend, aber sonst geräuschlos nach der Berglehne des Bärenfelsens empor.

Oben angekommen schleicht er schlangenartig gegen die von knorrigem Gestrüpp umstandene Lichtung der Kuppe und sie-

he da: Dort auf den zerstreuten Fellen und Decken sitzt ein Mensch, in dem Warwin beinahe kaum wieder den Griechen erkannt hätte: Die Arme auf die Knie gestützt, das wutverzerrte Gesicht in die Finger verkrallt, starrt der Händler mit Augen des Grauens ins Leere ... so kann nur ein Dämon Schahatans blicken ... so giert das Auge eines verhungernden Raubtieres, wenn es verwundet nicht mehr jagen kann.
Jetzt erhebt er sich und sucht die Umgebung ab. Warwin glaubt sein gieriges Atmen zu hören. Der Grieche weidet den Boden förmlich ab, recht an den Grasbüscheln, hebt jeden Stein, blickt an den Waldbäumen empor; er vergisst die Welt um sich, seine Sicherheit, sich selbst.
„Panides, was sucht der Händler des Südens auf dem Bärenfelsen?"
Warwin ist vorgetreten, den Wurfspeer griffbereit in der Rechten. Wie eine getretene Viper fährt der Grieche herum. Seine Züge verraten Verzweiflung, seine Augen erwachenden Wahnsinn. Am Ziele seiner Träume und gescheitert! Das ganze Gold verloren!
„Warwin! Warwin!", wimmert er in unsäglicher Wut. „Du hast mein Gold! Mein Gold!"
„Nicht das deinige! Du hast es geraubt und —", da erinnert sich der Sohn Helwehs, dass er vor dem Mörder seiner Lieben steht. „Da!" — Der Speer schwirrt. Der Grieche biegt aus wie eine Wildkatze und schnellt mit einem zischenden Fluche davon, über den Grat — Warwin ihm nach — der Abstand verringert sich — Panides schaut zurück und ... springt in verzweifelter Tollkühnheit über die Felswand auf eine Krüppelföhre, die dort aus der Felsspalte wächst.
Die Föhre beugt sich, halb entwurzelt, aber sie hält und der Verfolgte gleitet wie ein Wiesel an der Wand nieder!

Der Seejäger knirscht vor Wut; er darf den Sprung nicht nachmachen; denn die Föhre würde ihm keinen Halt mehr bieten — aber er kann nicht anders, er muss den Athleten von Hellas bewundern, mag dieser auch ein Teufel sein!
Einzuholen ist er jetzt nicht mehr, aber verfolgen wird er ihn doch — bis ans Ende der Welt, wenn es sein muss.
Der junge Fürst lässt sich wieder durch die Felsenspalte hinabgleiten und nimmt die Spur auf. Sie weist nach dem See hin.
Schon dämmert der Abend über dem ereignisreichen Tage. Eine Verfolgung ist für heute ausgeschlossen. Also morgen! Jetzt noch zum Schauplatze des Mordes.
Wieder steigt Warwin zur Bärenwand empor. Es ist noch hell, und die Schneeberge glühen im herrlichsten Rosarot. Jetzt ist er oben … dort liegt der blutige Körper des Etruskers. Warwin ergreift sein Handgelenk; es ist noch warm und leise pulsiert das Blut in unregelmäßigen Zwischenräumen. Aber wie sieht er aus! Sein blutiger Schädel ist aufgeschwollen und aus einer klaffenden Spalte sickert schwarzes Blut. Auch sein Rückgrat scheint gebrochen zu sein. Hier ist menschliche Hilfe umsonst. Der junge Helwehner kniet nieder und betupft den gebrochenen Schädel!
Ein hustenartiges Stöhnen.
„Lydon!"
Keine Antwort!
Warwin holt ein Jagdhorn voll Wasser und gießt es dem Sterbenden über die Kopfwunde. Dies scheint ihn zu laben, denn die entsetzlichen Froschaugen bewegen sich.
„Lydon! Kennst du mich?"
„Ja! Pa …Panides!"
„Nein! Ich bin nicht Panides! Schau mich an!" Da drehen sich die Augen krampfhaft herum.

„Wer bin ich, Lydon?"
„Chchaaah — du bist ... "
„Wer?"
„Der ... der — chchch — der Langschwänzige von ... von Kosa!"
„Wie?"
„Der Teufel ... der mit dem langen —"
„Lydon! Hm! Ja! Du hast recht gesehen. Ich bin gekommen, um dich zu holen, wenn du nicht bekennst! Wie kommst du hierher?"
„Über ... über den Felsen!"
„Du bist gestürzt?"
„Von Panides!"
„Warum?"
„Gold! Er wollte ... "
„Ah! — Er wollte dein Gold?"
„Ja, mein Gold ... " Warwin schüttelt ihn.
„Dein Gold! Und?"
„Und das ... das Geraubte!"
„Wem hast du es genommen?"
„Taran!"
„Ich dachte es!"
Der Sterbende scheint durch die Anstrengung allmählich wach und klarer zu werden.
Warwin flößt ihm Wasser zwischen die geschwollenen Lippen ein.
Der Gestürzte muss infolge des Blutverlustes wohl grässlichen Durst gelitten haben; denn er trinkt wie ein müde gehetzter Bison.
„Also: Panides hat sich auf dich gestürzt? Warum hast du dich nicht gewehrt?", fragt Warwin weiter.

„Ich ... konnte nicht!"
„Panides hatte dem Helweh Gold — sein Gold — gestohlen ... einen Topf! — Und er sagte, er log, dass der Topf dort oben sei. Ich sollte ihn holen!"
„Ah, Das war schlau von ihm! Er hat dir weisgemacht, dass er den Topf dort oben vorläufig verborgen hätte?
„Und du solltest ihn holen? Warum nicht er?" „Er sagte, er sei — verwundet!"
„Das log er!"
„Ja, jetzt weiß ich's!"
„Der Topf war schon in seiner Felltasche!"
„Er sagte es mir — vorhin!"
„Ja – friss ihn dafür! Aber nur langsam – jeden Tag etwas!"
„Warum hast du ihn im Sturze nicht auch gepackt?"
„Er ließ mich an einem Aste herunter."
„Und dann ließ er dich los?"
„Nein! Er stieß mich – und als ich mich noch an der Kante halten konnte, holte er einen einen großen Stein und rollte ... rollte ihn über…"
„Das Scheusal!", entführt es dem Jäger.
„Ja! Setz ihm deine Zähne an den Hals und erwürge ihn!"
„Wohin geht Panides jetzt?"
„Heim ...mit dem Gold!"
„Lydon, ich habe es ihm genommen!"
„Aah! Megodus! Ich bete dich an!"
„Panides hat wohl Taran auf uns gehetzt?"
„Ja — Panides! Bohr ihm den Schädel an. Ah, lass mich los! Ja. ja! Ich will einer werden — nur das da nicht, oh das, das da ...Megodus ... ich bin auch einer ... jage mich, jage mich auf Panides, ich beiße ihm das Rückenmark auf — er flieht! Haltet ihn!"

„Lydon!"

„Das Dorf brennt ... horch, wie sie wimmern ... die Kinder verbrennen — Megodus, nein — wirf mich nicht hinein ... nicht in die Glut."

Ein Strecken geht durch den riesigen Körper — Lydon aus Etrurien hat den Traum des Goldes ausgeträumt.

Der Seejäger bedeckt den Leichnam mit Geröll.

Und im fernen Süden erzählt ein treues Weib ihrem Knaben von den Nordlandfahrten des Vaters:

„Noch drei Mondjahre (Monate), Lydon, und dann kommt er!"

„Was bringt er mir aus dem Lande der Barbaren, Mamin?"

„Kostbare Felle, herrliche Jagdgeräte für dich, Lydon, und für mich — vielleicht — ein goldenes Ohrgehänge!"

Warwin besteigt wieder den Felsen, koppelt die Pferde los und lässt sie laufen.

Mögen sie in der Freiheit verwildern!

Dann sucht er die Umgebung ab; denn er hat die unbestimmte Ahnung, dass Panides irgendwo herumschleicht. Der Goldschatz hält ihn an diesen Ort gebannt.

Im dürren Buchenlaube, das jede Annäherung verraten muss, legt sich der müde Jüngling zur Ruhe. Lange kann er nicht schlafen; ein unendliches Weh hält sein Gemüt umfangen.

Und doch: Er ist jetzt der reichste Fürst zwischen Jura und Bodansee. Drüben auf dem Vorsprunge schlummern seine Schätze — seine Schätze? Gerade dort leuchtet ein alter Buchenstock wie das racheglühende Antlitz Huhurs. Ist das sein Geist, der über dem vergrabenen Schatze wacht?

Ein Gewitter zieht herauf: Schahatan hält seinen Triumphzug durch das racheverfluchte Tal, das einst so glücklich war!

Am Morgen sind alle Spuren verwischt.

Aber Warwin ist deshalb nicht ratlos; er kennt den Ort, der den menschlichen Schahatan von Hellas immer wieder anziehen wird: der Bärenfels mit seinem Geheimnis.

Der junge Seejäger wirft noch einen letzten Blick voll unendlicher Trauer auf die verkohlten Ruinen des ehedem so traulichen Heimatdorfes.

Wie Wetterleuchten zuckt es über sein kühnes Gesicht. Da schließt sich das Urwalddunkel über dem Heimatlosen.

Durch die Kronen der Ureichen aber geht ein Rauschen wie der Fluch Huhurs.

Der schleichende Tod

Auf den moosbedeckten Trümmern eines alten Felsensturzes — dem Bärenfelsen gegenüber — kauert mit hängender Lippe und blutunterlaufenen Augen, einem von Tollwut abgetriebenen Hunde gleich, Panides, der Schmuckhändler von Hellas, Panides, der Bettler!
Teilnahmslos, ein Bild dämonischer Verzweiflung, blickt sein Auge ins Leere, seine Zunge lallt Worte ohne scheinbaren Zusammenhang, und doch ist sein Geist in siedender Tätigkeit — so in sich versunken, dass der Körper fast entseelt erscheint; sein Gedankengang ist unschwer zu erraten:
Ein wahres Meisterwerk von Berechnung und Überlegung hatte den Plan entworfen, den Goldbesitz Tarans, Helwehs und seiner Genossen an sich zu bringen, raffinierte Schlauheit und teuflische Hinterlist hatten ihn ans Ziel gebracht, und hier — am Ziele, vollständig am Ziele — hatte ihm der reine, blöde Zufall einen einzigen Schnitt durch sein mühevolles Gewebe gemacht! Oder ist es nicht Zufall? Ist es vielleicht doch das geheimnisvolle Walten eines noch höheren Geistes? Dann wäre vielleicht noch mehr verloren als die Arbeit und Hoffnung seines Lebens!
„Ha! Ich will die Arbeit nochmals beginnen, will wieder von vorne anfangen! Ich will vor dem Letzten, vor dem Allerletzten nicht zurückschrecken, und wenn ich nochmals scheitere, dann will ich - was denn? Den Zufall anbeten? Oder das andere, das ich nicht kenne, nicht will. Ich will ihm trotzen — will jenem Unsichtbaren, dem unfassbaren Geiste meinen Geist entgegensetzen: dort drüben am Bärenfelsen, dort irgendwo

muss der herrliche Goldschatz liegen — Chthonis Aides verfluche ihn! Und nur einer unter den Sterblichen weiß den Ort: Warwin — Warwin, der athletische Seejäger. Ihn muss ich im Auge behalten, ihn und den Bärenfelsen. Meine Kameraden sind tot — ich war vielleicht zu gründlich. Schade! Jetzt hätte ich sie brauchen können. Ich muss mir andere Freunde suchen ... Helfershelfer ... die Taraner! Ich muss zu ihnen gehen. Taran wird wüten über den Verlust seines Goldes! Ich werde die Geschichte umdichten und als Held auftreten müssen — als Held meiner treuen Freundschaft zu ihm. Und den Helden Panides wird auch Giurda bewundern — Giurda!"

Der Grieche schließt die Augen und öffnet die trockenen Lippen wie ein Sterbender zum Genusse eines Labestrunkes, den ihm die erhitzte Phantasie aus strahlendem Becher reicht.

„Giurda! Wenn deine Unnahbarkeit meinem Plan zu trotzen vermag, dann ist mein größter Schah verloren, mein siegendes Wollen!"

Energisch, wie es seine Art ist, erhebt sich Panides und schreitet wie vom Fieber getrieben gegen Westen!

Oft hält er inne, wie um zu lauschen, aber sein Blick ist nach innen gerichtet!

Gegen Abend erreicht er das Taranerdorf.

Schon von weitem hört er, dass dort etwas nicht in Ordnung ist: Hunde heulen, Weiber quietschen, Kinder schreien, Männer streiten, und dazwischen fährt wie Urgebrüll die alles überbietende Stimme Tarans, des Häuptlings. Er scheint in der Tat sehr ungnädig gestimmt zu sein; denn soeben widerhallt der nahe Urwald von seinen Schimpfworten:

„Ha, ihr Weiber! Schahatan über euch, ihr Vogelscheuchen! Lebendig schinden soll er euch und verschlingen! Holt mir Weidenruten, aber lange, dass ich sie dreimal um euer Hirn

herumflechten kann! Mich bestehlen lassen von einem räudigen Hund! Verkriecht euch nur, ihr langmähnigen Pferdegesichter! Fasten sollt ihr, bis mein Gold wieder da ist!
Sucht noch einmal, oder ich erwürge euch … du dort! Ich will dir auf die Beine helfen! Meinen Topf mit dem Golde bringt ihr her, oder … oder. Oh, wenn ich ihn hätte, den Hund von einem Südlandshändler! Hier zwischen meinen Fäusten, den elenden, lumpigen, den dreimal verendeten Hund!
Was ist denn los, du Kröte?"
Ein Mädchen hat einen Ruf der Überraschung ausgestoßen!
„Dort drüben steht er!"
Sie zeigt nach dem Walde.
„Wer? Ah! Der Schahatan soll mich reiten, wenn das nicht der Schwindler von Hellas ist, der dort seinen Singschnabel aus dem Laube streckt! Auf, ihr Männer! Lasst alle Hunde los! Jagt ihn, bis ihm die Zunge heraushängt! Pfeile her! Wo Hab' ich meinen Wurfspieß gelassen! Schnell, du dort! Wollt ihr? Oh, dass ich eure Knochen auf dem Mahlstein hätte! Fass an, Wolf! Horruuh!"
Indessen schreitet Panides gemächlich heran: „Taran! Sei mir gegrüßt!", ruft der Grieche herüber. „Willst du mir nicht die Brücke herunterlassen?"
„Teufel ja! Die Brücke! Komm her, mein Sohn! Panides! Meine Arme sind geöffnet, dich an mein Herz zu drücken!"
Eine solche Spannung hatte das Taranerdorf noch nie erlebt, wie im jetzigen Augenblicke. Ein Bube hat soeben ein Stück Hirsebrot in den Mund gesteckt, vergisst aber zuzubeißen; eine junge Schöne hat ihren weichen Arm statt um die Hüfte ihrer Freundin — um den schwarzbraunen Hals eines korbflechtenden Jägers gelegt und tätschelt ihm gedankenlos die lederige Wange.

Der Grieche verneigt sich vor dem Sippenhäuptling:
„Fürst Taran! Mein Auge ist erfreut!"
„Das meinige auch! Oder vielmehr: alle beide!"
„Es schmerzt meine Seele, dich erst jetzt begrüßen zu können!"
„Aufrichtig gesagt, meine auch!"
„Eine wichtige Tat hat mich abgelenkt."
„Die Hauptsache ist, dass sie dich wiederhierher gelenkt hat!"
„Ich war auf der Fährte meines Genossen Lydon ... du blickst mich so eigentümlich an, o Fürst!"
„Es ist die unverhohlene Wonne des Wiedersehens, Panides! Du wirst mich bald begreifen und noch viel eigentümlicher blicken! Fahre weiter fort, Panides!"
„Lydon war mein Freund; aber er hatte ein schwarzes Herz und eine falsche Zunge: er hat mich bestohlen, o Fürst!"
„Dich! Dich bestohlen?"
Taran tritt hart vor den Griechen hin.
„Wen hat er bestohlen? Oder vielmehr: Wen habt ihr bestohlen, ihr Engerlinge! Sprich, oder ich würge dich, dass deine verfluchte Zunge wie ein Fisch aus dem Maule schießt!"
„Taran! Ich kenne dich nicht mehr ...!"
„Wen habt ihr bestohlen?", brüllt der Häuptling dem Angekommenen ins Gesicht.
„Du hast heißes Blut, o Fürst, aber du bist nicht ungerecht."
„Wen habt ihr? Schnell! Oder ich ...!"
„Dich, Taran! Ja, dich hat er auch bestohlen, dich, den ich für meinen treuen Freund hielt, dich, für den ich erst das Leben gewagt, für dessen Ehre ich gekämpft, für dessen Recht und Eigentum ich zweimal den Stahl in ein Menschenherz versenkt habe. Höre mich, Fürst der Taraner: Noch während des Kampfes verriet mir Hiram, dass Lydon mich und auch dich, o Fürst,

bestohlen hätte, allerdings mit seinem Einverständnisse — zum Schein; denn Hiram machte mir den Vorschlag, den Etrusker aus dem Wege zu räumen, der auf dem Bärenfelsen auf ihn warten wollte und sich bereits aus den Reihen der Kämpfer fortgeschlichen hätte. Diese Schändung deiner Gastfreundschaft, o Fürst, empörte mein Blut so sehr, dass ich mich nicht enthalten konnte, dem bisherigen Freunde, der sicher auch mir die Treue gebrochen haben würde, meinen Dolch ins Herz zu senken."
„Lügner!", keucht Taran mit verhaltener Wut.
„Es ist wahr! Ich hab's geseh'n!", ruft ein Krieger aus den Reihen der Herumstehenden.
Panides atmet wieder.
„Höre weiter, o Fürst — dann magst du richten: Um dein Eigentum und meine Ehre zu retten, verließ ich sofort den Kampfplatz und setzte dem Schurken nach. Auf dem Bärenfelsen traf ich ihn. Wie er mich statt seines Genossen erblickt, flieht er mit einem gröblichen Fluche über die Felsen; denn er kennt meine Gewandtheit im Kampfe. Ich setze ihm nach, erwische ihn an der Steinhalde und nach kurzem Kampfe bin ich über ihm. Dieser Dolch hier hat seiner Verräterseele den Weg aus seinem Körper geöffnet, und dann ..."
„Wo ist das Gold, Panides? Mein Gold?"
„Nun kommt etwas fast Unglaubliches: Während ich den Räuber verfolgte, muss sich Warwin, der Sohn Helwehs, auf meine Spur gesetzt haben."
„Er ist entkommen! Das stimmt!"
„Hättet ihr ihn doch niedergestochen, damals an der Häuptlingshütte; denn während ich Lydon auf der Halde kalt machte, muss der Helwehnerbube die Pferde auf dem Felsen erreicht haben — kurz und gut: Als ich wieder die Kuppe bestieg, hatte

er alles Gold geraubt und versteckt. Er floh vor mir, aber den Schatz bekam ich nicht mehr."

„Das hast du gut zusammengestellt, Panides!"

„Fürst! Dort liegen Stricke! Binde mich an jenen Pfosten und lasst mich mit allen Hunden bewachen; schicke indessen deine Jäger aus, und wenn sie an der Bärenhalde nicht den mit Geröll bedeckten Leichnam Lydons finden, so magst du mich zu Tode martern!"

Taran blickt stumm vor sich hin.

„Würde ich zu dir gekommen sein, o Fürst, wenn ich dein Gold geraubt hätte? Ich würde doch sofort damit geflohen sein! Was hätte ich bei dir, dem Rächer, noch wollen können? Bedenke das! Nur das gemeinsame Ziel kann mich zu dir getrieben haben; denn du weißt, dass ich dabei mein Leben wagte!"

„Bei Schahatan, dem Fürsten der Tiefe! Das klingt wie Wahrheit! Du dort, Hardwin, nimm drei Jäger mit und geh' nach der Bärenhalde ... seht euch besonders gut nach Spuren um, und du, Panides ..."

„Ich habe Hunger, Fürst! Seit dem Überfall vom Helwehdorf habe ich nichts mehr genossen!"

„Komm in meine Hütte!"

„Als dein Gast, oder ...?"

„Als mein Gefangener, bis die vier zurückkommen!"

„Gut!"

Panides wird bewirtet ... von Giurda selbst.

Demütig wie eine Sklavin bedient sie den Griechen, nicht ohne hin und wieder halbverstohlene Blicke nach dem geheimnisvollen Manne zu werfen. Und gerade diese Demut hat im Vergleich zu den stolzen Frauen des Südens etwas unendlich Liebliches, Überwältigendes. Dieses Barbarenweib!

Panides isst mit einer wahren Wolfsgier.

Während des Mahles macht er die Wahrnehmung, dass einige Jäger unauffällig die Hütte umstehen. Dieses ficht ihn aber wenig an; das Schwierigste ist überstanden und so legt er sich nach dem Essen unbesorgt zum Schlafen nieder. Die Anstrengung der letzten Tage wirkt nun doch wie ein betäubender Trank auf ihn. Im Halbschlummer fühlt er nur noch, dass Giurda mit leiser Hand ein leichtes Linnen über ihn wirft, um ihn vor den zahlreichen Seemücken zu schützen, und er lächelt im Traume wie ein unschuldiges Kind, über das eine liebende Mutter wacht.
Panides schläft bis tief in den nächsten Tag hinein.
Wie er sich die Augen ausreibt und halb erhoben gähnt, steht Taran vor ihm:
„Grieche, du hast wahr gesprochen: Die Späher haben den Leichnam gefunden und auch eines der Pferde, das euch gehört hat. Warum hast du sie nicht alle drei hierhergebracht?"
„Der Bube hatte sie mit Rutenstreichen fortgetrieben. Ich gedachte sie später zu suchen!"
„Was rätst du jetzt?"
„Wir müssen mit allen Kriegern die Umgebung des Felsens nach Spuren absuchen, und wenn dies umsonst sein sollte, musst du einen heimlichen Wachtposten zurücklassen, welcher jede Annäherung Warwins zu beobachten hat!"
„Dein Rat ist gut. Ich werde ihn befolgen!"
„Bin ich noch dein Gefangener, Fürst Taran?"
„Hier meine Hand! Du bist mein Freund und Gast — einer von uns!"
„Ich danke dir und werde mein Gastrecht genießen, bis du dein Eigentum wieder hast!"
„Das soll ein Schwur sein! Dein Rat wird uns zum Ziele führen, Panides!"

Um die Mundwinkel des Griechen spielt ein geheimnisvolles Lächeln. Wenn Taran den Goldschatz erlangt, dann ist er so gut wie gesichert, aber nicht für den Fürsten der Pfahlbauer!
„Wann brechen wir auf?", fragt er, fröhlich gähnend.
„Sobald du gegessen hast."
Giurda bedient den Griechen wieder mit unnachahmlicher Harmlosigkeit.
Panides redet sie an:
„Fürstin Giurda, du bist auch traurig über den Verlust des Goldes?"
Die Gefragte sieht sich um; sie sind allein! Mit unterdrückter Stimme entgegnet die schöne Pfahlbauerin:
„Ich liebte den Goldschmuck sehr, als ich noch ein Mädchen war. Taran hat mir diese Gehänge geschenkt. Oh, wie war ich glücklich im Geheimen. Heute verfluche ich das Gold! Es macht die Menschen schlecht. Taran ist ganz anders geworden, seitdem er an das Gold denkt! Er liebt es fast mehr als mich!"
„Giurda! Das ist nicht möglich!", entfährt es dem Griechen in ungeheuchelter Ehrlichkeit. Giurda neigt unmerklich ihr schönes Haupt, dass die schweren Haarwellen wie vom Winde gedrückte Opferflammen auf ihre Brust fallen, aber durch die Lockenfülle glitzert es wie Morgentau im reifen Ährenfelde. Leise berührt ihre Hand seinen Arm:
„Panides, ich habe mich gefreut, dass der Schatz verloren ging. Ich bete zu den Göttern, dass er ihn nicht mehr finden möge! Es liegt Fluch ..."
„Schandweib!"
Taran steht vor ihr mit glühender Stirn!
„Du hast ihnen geholfen, den Räubern — Weib!"
„Nein, Taran. Das ... "

Giurda stößt einen leisen Schrei aus. Taran hat sie ins Gesicht geschlagen!
Die Hand des Griechen zuckt nach dem Dolch. Jetzt wäre es ihm Wollust, sein Messer in die Brust des Ungebärdigen zu stoßen! Und dann: welche Wonne, ihr Haupt an seine Brust zu ziehen. Aber mit dem Fürsten darf er es nicht verderben.
„Taran! Was tust du! Du hast einer Unschuldigen weh getan!", keucht Panides, und eine Fieberwelle der Entrüstung macht seine Stimme beben. Sein besseres Selbst empört sich gegen diese Tat. Er, der seine Gegner kalten Blutes hinzumorden nicht zaudert, ist fast dem Weinen nahe.
Tarans Glutröte ist indessen einer natürlichen Blässe gewichen. Das aufgewallte Blut hat sich jäh zurückgezogen. Er schämt sich doch seiner überstürzten Tat vor dem gebildeten Griechen, wenn er dies auch nie vor einem Weibe gestehen wird.
„Geh' zu den Buben!", sagte er nur mit trotzig gesenkter Stirne. Giurda steht auf, reicht ihm die Hand und geht. Taran hat diese Hand nicht gedrückt.
„Kommst du mit an den Bärenfelsen?", fragt der Fürst.
„Ja, Fürst!", erwidert Panides und geht mit diesem. Es ist ihm ein wahres Bedürfnis, sich in Strapazen und Gefahren zu ergehen. Wahrhaftig! Er hat für einen Augenblick den verlorenen Goldschatz vergessen. Es ist doch etwas Großes um diese barbarische Hundetreue! Dieses Weib ist ihm zum Rätsel geworden! Ob sie ihn wirklich so liebt, den rauhaarigen Bison?
Alle streitbaren Krieger sind bereit für das mehr als zweifelhafte Abenteuer. Taran drängt fieberhaft zum Aufbruch. Ein herrlicher Zug von kraftstrotzenden Männern; nur schade, dass das unheimliche Goldfieber ihre Führerin ist. Taran schnaubt ihnen voran wie ein geforderter Hirsch zur Brunstzeit!

Es geht an Weizen- und Gerstenfeldern vorbei, neben Hirse- und Flachsbeeten dahin, wo Weiber und Leibeigene beschäftigt sind; auch die unterjochten Helwehner sind dabei. Sie führen kein eigentliches Sklavenleben; denn die Weiber sind meist gut zu ihnen und schwatzen auf sie ein. Viele erlangen ein gewisses Ansehen und freiheitliche Rechte, aber — die Freiheit ist meistens für immer dahin! Dort steht Helweh, der Vater Warwins, dumpf auf seinen Grabkelt gestützt. Heiß fährt ihm das Blut nach dem Herzen, wie er die freien Jäger sieht. Warum flieht er nicht? Die Hunde wachen gut und überdies wird jeder Fluchtversuch mit Rutenhieben und Lähmung bestraft. Warum sterben sie nicht, sie, die doch schon tot sind? Ein Fünklein Hoffnung glüht in ihrer Brust und von diesem Fünklein geht ein leiser Hoffnungsstrahl in die dunkle Zukunft: Menschenschicksale sind unberechenbar!

Am Waldrande schon hebt Taran die Hand: „Sobald wir den Bärenfelsen erblicken, müssen wir uns zerstreuen und ihn umkreisen; achtet scharf auf Fährten!"

Gegen Mittag treten die Jäger aus dem Urwaldfinstern auf eine Lichtung. Alle stehen wie auf plötzlichen Befehl still und schauen einander betroffen an; ihre Augen leuchten und Daraus Brust weitet sich: dort ragt der Bärenfels empor und von seiner Kuppe steigt der Rauch eines verglimmenden Feuers auf!

„Brüder, wir fassen ihn! Der Schatz ist mein!", jubelt der Häuptling. „Unter tausend Martern soll mir der Hund gestehen, wo er seinen Raub versteckt hat! Schließt ihn ein im Jagdfluge, bevor er euer Kommen bemerkt!

Panides beschattet seine Augen und schüttelt bedächtig seinen Krauskopf.

„Was hast du?", fragt ihn der Fürst halb unwillig.

„Jener Rauch kommt mir sehr verdächtig vor, Fürst Taran!"
„Warum verdächtig?"
„Glaubst du, Taran, dass der Helwehner uns seine Anwesenheit so feierlich verkünden würde? Ich kenne ihn!"
„Was soll's denn bedeuten?"
„Ich weiß es nicht! Jedenfalls für uns nichts Erfreuliches!"
„Auf, ihr Jäger! Eine Stimme im Kriegsrate für denjenigen, der den Buben fängt!"
„Dein Kriegsrat wird jedenfalls heute nicht erweitert, Fürst Taran!", spottete Panides mit leisem Lächeln.
„Krächzender Totenrufer! Taten werden dich lehren; ich kenne meine Fährtensucher — auf ihr Krieger!"
Wie eine aufgestöberte Rotte wilder Sauen verschwinden die Jäger im Waldesdunkel. Bald ist der Felsen des goldenen Geheimnisses lautlos umstellt: Taubengirren, Amselschlag und Falkenpfiffe geben die Zeichen zum Vorrücken. Jeder Busch und jede Felsennische wird durchspäht, kein Blatt flüstert und streicht an ihnen, kein dürres Laub und keine Tannennadel verrät den heranschleichenden Feind. Endlich ist der Felsen erreicht und hart umlagert. Taran steigt mit zehn Mann hinauf; unter ihnen befindet sich Panides.
Nun sind sie oben. Kein menschliches Wesen regt sich. Taran knirscht einen Fluch.
„Ah, das Feuer! Dort auf dem Felsvorsprunge!" Der Häuptling weist mit dem Schwerte nach der Richtung: „Waffen bereit! Er muss sich dort verborgen halten: denn der Rauch steigt noch ziemlich frisch."
„Warwin müsste ein Esel sein, und das ist er nicht!", knurrt der Grieche, aber er geht mit, denn jedenfalls gibt es dort etwas zu sehen.

Ja, da gab es wirklich etwas zu sehen, was den Fürsten und Panides mit stummer Verzweiflung erfüllt: neben dem Feuer ist die Humusdecke aufgewühlt und in der so entstandenen Höhlung liegen die Scherben des Taranertopfes, daneben drei leere Felltaschen, und am Felsen, wie zum Hohne, prangt das Zeichen der Helwehner: ein Dreieck mit Parallelstrichen gefüllt! Kein Zweifel ... der Schatz ist fort, von Warwin abgeholt und wer weiß wo begraben! Der Rauch des verglimmenden Feuers aber streicht den Goldsuchern wie beißender Hohn um die Nasen!

„Zu spät!", stöhnt der Häuptling in hilfloser Wut.

„Er ist fort — fort!", bringt er keuchend hervor.

„Ja, das kann ich durch Eid bezeugen!", höhnt der Grieche wieder.

„Er kann noch nicht lange fort sein!", grimmt der Häuptling. „Schlagt Kreise und sucht die letzte Spur! Die Hunde her! Wir jagen ihn bis auf den Mond!"

„Wo er mit dem letzten Viertel wieder verschwindet — er ist uns überlegen!", stichelt Panides, aber nur, um die Jäger zum Äußersten anzuhetzen.

„Was sagst du?", faucht der Anführer. „Den Hunden sollst du mich verfüttern — heute noch — wenn ich ihn bis zum Abend nicht an der Angel habe!"

„Er wird schneller sein als du, Taran!"

„Was wetten wir, griechischer Mädchenjäger?"

„Den Goldschatz!"

„Den Goldschatz? Panides, träumst du?"

„Wenn du ihn erwischst, so gehört dir der Schatz; wenn du ihn nicht erwischst, so ist er mein!"

„Narrentänzer! Hardwin, bleibt mit zwei Mann hier! Ihr andern auf die Jagd nach ihm!"

Nun hebt eine Jagd an, eine offene Jagd mit Hundegebell und Menschengebrüll, dass sämtliches Kriechgetier in weitem Umkreise sich vor Angst verbirgt, und wirklich, es dauert nicht lange, bis das Jagdhorn zum Sammeln ruft: Auf sumpfigem Waldboden hat man eine ganze frische Fußspur gefunden. Taran frohlockt:
„Was sagst du nun, griechischer Krämer?"
„Dass diese Spur mir wieder sehr verdächtig vorkommt?"
„Verdächtig? Sie ist doch deutlich genug!"
„Um deine Krieger in die Irre zu führen. Glaubst du wirklich, Taran, dass ein Jäger, der um sein Leben rennen muss, in diesen Brei da getreten wäre, nur um für seine Verfolger diese Büffelstapfen zu verfertigen? Der Bursche muss sich ziemlich sicher fühlen. Ich habe ihn kennengelernt; er wird dir — wenn ich mich nicht täusche — noch manche Freude bereiten!"
„Schahatan! Wenn du recht hättest! Aber er kann doch nicht durch die Luft geritten sein?"
„Das muss er, Daran, wenn er auf den Mond will, wohin du ihn jagen willst!"
„Weißt du etwas Gescheiteres, Spottvogel, als ihn auf seiner Spur zu verfolgen?"
„Vorerst nicht — vielleicht nachher, wenn meine Vermutung sich bestätigt hat."
„Welche?"
„Dass er uns verfolgt, nicht wir ihn, dass er uns jetzt vielleicht von irgendwoher verspottet!"
Die Krieger blicken sich unwillkürlich nach allen Seiten um, auch Taran. Aber er schüttelt seine Mähne:
„Dann müsste er ein Dämon des Urwaldes sein!"
„Ich fürchte, dass er es sein wird!"

„Was verlieren wir lange Zeit mit Weibermärchen! Wir wollen ihn jagen, den spukenden Waldgeist. Halalah! Nehmt die Hunde an die Koppel! Geschlossene Jagd!"

Lautlos verfolgen Meute und Jäger die Spur. Sie führt eine Steinhalde empor, den Felsen entlang und dann wieder zu Tale nach dem Urwalde. Nach einiger Zeit stehen die erfahrenen Jagdmänner still und schauen einander wortlos an.

Die Spur führt wieder nach dem Bärenfelsen zurück!

„Mir steht der Verstand still!", brummt der voranschreitende Taran in den Bart.

„Bald wird er sogar rückwärts gehen!", stichelt Panides.

„Wer? Mein Ver....?"

„...stand, ja! Denn du wirst ihn doch nicht hier lassen wollen!"

„Gehen wir weiter! Ha! Wenn ich ihn erwische!"

Die Spur führt nach einem rauschenden Waldbache. Am andern Ufer ist nichts zu finden, und das Wasser ist noch trübe vom letzten Gewitter! Sie verfolgen die Ufer auf und nieder, durchsuchen jede Böschung und alle unterwühlten Stellen — umsonst. Der Flüchtling ist und bleibt verschwunden, und von Osten her schleicht leise die Dämmerung heran. Der heutige Tag ist verloren!

Finster starrt Taran in die gurgelnden Wasser, als wollte er ihnen ein Geheimnis ablauschen. Dann lässt er die Hornsignale für Jagdabbruch und Sammlung geben. Sie werden sofort vom Bärenfelsen herab von Hardwin wiederholt. Stumm ziehen die Menschenjäger von dannen, hinter ihnen die struppigen Hunde mit hängender Zunge.

Plötzlich bleiben alle wie gebannt stehen. Was war das?

Das Alarmzeichen vom Bärenfels: Tuuuh — tuuuh — tuuuh!

Und jetzt das Notzeichen: Tuuuh —

tutututuuuh — tu, tu, tu, tu, tu ....

Schauerlich hallen die Töne durch den nächtlichen Urwald.
Taran fährt auf wie ein gereizter Dämon:
„Schahatan! Das Notzeichen! Auf, ihr Männer! Da ist etwas geschehen!"
Durch Dorngestrüpp und Steingerölle rast die wilde Jagd aufwärts, dem Bärenfelsen zu. Schon von weitem sehen sie dort zwei Gestalten stehn, Hardwin und einen Genossen. Der Dritte fehlt.
„Was habt ihr? Was ist geschehen?" keucht der Fürst.
Hardwin gibt nur das Zeichen des Schweigens und winkt. Sie folgen ihm nach einer Felsennische, wo der Dritte seinen Wachtposten bezogen hatte. Dort liegt ein Toter. Im fahlen Dämmerlichte starrt ihnen ein blutleeres Gesicht entgegen: Es ist der vermisste Taraner, und zwischen den bleichen Lippen glänzt ein goldenes Ringlein!
Die kühnen Jäger erbleichen!
„Ich fürchte, Fürst Taran", spricht zuerst Panides, „ich fürchte, dass du den Goldschatz wiedererhalten wirst!"
„Wie kam das?", fragt der Häuptling mit gepresster Stimme.
„Wir wissen es selbst nicht!", entgegnet Hardwin. „Als wir euer Zeichen hörten, kam er nicht, und da fanden wir ihn. Während der ganzen Wache drang kein Laut zu uns herüber!"
„Wir werden den Erschlagenen morgen begraben — hebt ihn auf!"
Der Tote wird auf Speere gebunden, und laut- und wortlos ziehen die Jäger bergab, einer hinter dem andern. Der Hinterste aber sieht sich von Zeit zu Zeit mit heimlichem Grauen um. Es ist ihm, als Folge auch auf seiner Fährte der Tod.
Im Jagdgebiete der Taraner aber lebt ein unheimlicher Gast: Fast kein Jagdzug ohne Tote, und alle tragen Gold in ihrem blassen Munde!

Taran sammelt es, angeblich, um es wieder dem Fürsten der Tiefe zu opfern, aber diese „Tiefe" ist nichts anderes als die Tiefe eines neuen, gut verwahrten Topfes. Er kann sich nicht mehr von ihm trennen; denn er ist bereits dem unausbleiblichen Strafgesetz der Habsucht verfallen: nicht er hat das Gold, sondern das Gold hat ihn! Und der Grieche schürt diese Leidenschaft; denn er hat die Hoffnung, Warwin zu fangen, noch nicht aufgegeben, und wenn dies gelungen ist, ist alles andere für ihn nur noch ein leichte Aufgabe.

In den Juraschluchten aber haust der „schleichende Tod".

Panides bleibt indessen der Gast der Taraner. Der gern gesehene Gast! Denn wenn er von den Wundern des Südens erzählt, da lauscht ihm Groß und Klein mit der unverstellten Neugier der Naturmenschen, und manches Mädchenauge blickt bewundernd nach dem schönen, viel wissenden Fremdling.

Der Sinn des Panides aber steht nicht danach, leichtfüßigen Mädchen die Lockenköpfe zu verdrehen und die jungen Herzen zu verwirren. In seiner Seele flammt tagtäglich heißer und brennender eine große Leidenschaft auf. An der unbesiegten Frauenwürde Giurdas, der Hohen und Stolzen, den Triumph seines Lebens zu feiern, das nur könnte seiner Leidenschaft Erfüllung sein.

Und bald scheint diese Stunde zu nahen!

Die Blume vom Jurasee

Der Anblick einer reinen Seele ist für den Menschen des Lasters ein beständiges Gericht!
Der verachtete Engerling kann den Sonnenstrahl nicht ertragen, er stirbt daran; er kann nur heimlich die Lebenswurzel der Blume benagen, die vom reinen Sonnenlichte umstrahlt dem Himmel zustrebt. Wenn aber die Blume gestorben und ihr Mörder gesättigt ist, dann schlüpft er in neuer Gestalt, als Wesen des Lichtes aus seinem Dunkel hervor und behaglich summend erhebt er sich über die geknickte Blume, der Welt ihre Schmach verkündend.
Die Lilie ist gegen den Engerling gefeit. Ihre Sonnenkraft überwindet sieghaft jeden Biss des heimlichen Würgers.
Eines Abends kommt Panides hinkend von der Jagd heim, angeblich von einem rasenden Urochs getreten.
Er kann deshalb am folgenden Tage nicht mit zur Jagd ausziehen. Auf den linken Arm gestützt liegt er auf zottigen Bärenfellen und trinkt Himbeersaft, den ihm Giurda in schönverzierter Tonschale darreicht. Sein Puls fliegt wirklich wie im Fieber, seine Augen erscheinen dunkel umrändert und sein Atem strömt heiß wie Herzblut. Mit leidender Miene hält er der Fürstin die Rechte hin, indem er sie wie versuchsweise im Gelenke bewegt:
„Giurda, ich glaube, meine Hand ist verstaucht: Du bist in der Heilkunst erfahren, wie man mir sagt, sei so gut, und ... "
„Zeig her, Panides!"

Sie nimmt die Hand des Griechen in ihre schöne Frauenhand, befühlt sie mit zarter Vorsicht und bewegt sie prüfend im Gelenke:
„Fühlst du Schmerz — so?"
„Nein, Giurda!"
„Und jetzt?"
„Es spannt ein bisschen."
„Gebrochen ist nichts!", entscheidet die Heilkünstlerin mit ruhiger Sicherheit. „Verstaucht ist sie auch nicht; denn es ist keine Geschwulst vorhanden.
Vielleicht ist eine Sehne verstreckt oder überanstrengt. Kühles Wasser und fleißige Bewegung werden sie bis morgen heilen. Schau, diese Bewegung."
„Giurda!"
„Was?"
„Du trägst heute bronzene Ohrgehänge! Wo sind die goldenen? Sie standen dir so herrlich zu deinem Haar!"
Giurda errötet wie ein Kind und doch huscht ein schmerzlicher Schatten über ihr liebes Gesicht.
„Ich habe sie ihm wiedergegeben."
„Wem?"
Verwundert schaut sie auf:
„Taran!"
„Ah! Hat er sie verlangt?"
„Nein; er hat gesagt, dass ich sie verlieren könnte. Da habe ich sie ihm gegeben."
„Er will wieder eine Sammlung anlegen?"
„Ich glaube. Wenn es ihm nur Freude bereitet."
„Hast du sie gern gegeben?"
„Ja! Nein, eigentlich hätte ich sie lieber in den See geworfen!"
Des Griechen Augen leuchten auf.

„Warum lieber in den See, Giurda?"
„Weil das Gold seine Gedanken auffrisst. Er ist wie mit einem bösen Zauber belegt — früher war er nicht so."
„Früher   ? Hast du ihn sehr lieb gehabt, Giurda?"
„Eh ja, er war gut und bieder; das Gold aber hat seinen Sinn zerstört. Er denkt nur noch an Gold!"
„Nicht mehr an dich, Giurda!"
„Ich ... weiß es nicht!"
„Und du? Liebst du ihn noch, Giurda?"
„Muss ich nicht? Er ist unglücklich und mein Gatte! Wenn nur meine Liebe ihn glücklich machte!"
„Taran, wie könntest du glücklich sein!", entfährt es dem Griechen.
„Ja, du hast recht!", erwidert die harmlose Fürstin mit leiser Stimme. „Er sucht sein Glück im kalten Metall, und je mehr er findet, desto weniger findet er das Glück."
„Er hat dich geschlagen, Giurda!"
„Ich habe mich sehr geschämt vor dir, Panides! Erzähle es nirgends, ich bitte dich darum!"
„Ich werde schweigen, schon um deinetwillen, Giurda!"
Sie reicht ihm die Hand:
„Ich danke dir!"
Panides hält ihre Hand:
„Taran ist nicht gut zu dir..."
„Sprich nicht so!"
„Diese Hand, Giurda — diese Hand allein ist schöner als das schönste Frauenantlitz, das ich je gesehen habe — hier und unter den Palmen des Südens!"
Leise errötend entzieht sie ihm sachte ihre schöne Hand. Und da umspielt wahrhaft ein schelmisches Lächeln ihre flüchtigen Wangengrübchen:

„Panides! Sage das einem Mädchen der Taraner, nicht mir! Und es wird dir süßen Dank wissen!"
„Das sage ich nur dir, Giurda! Bei jeder andern wäre dieses Lob eine Lüge!"
„So sage das, was du soeben gesagt hast, doch nein, ich bin ein Kind!"
„Wem soll ich es sagen, Giurda, als nur dir allein?"
„Sage es … nein! Sage das niemandem!"
„Giurda, ich bitte dich, sei offen — wie ich! Sage mir: Wem soll ich es sagen?"
Da wird sie blutrot und verhüllt ihre Augen:
„Panides! Wenn es wahr ist, dass … sage es … sage es Taran!"
„Hm…!"
„Aber … oh, Panides, wie bin ich doch einfältig! Wie konnte ich so schwatzen. Gell, du sagst ihm nie, was ich dir erzählt habe. — Um alles in der Welt willen … ich müsste vor Scham vergehen!"
„Du darfst beruhigt sein, Giurda!"
„Er müsste mich verachten, und das könnte ich nicht überwinden!"
„Nicht?"
„Nie! Lieber mag er mich schlagen als verachten!"
„Wirklich?"
„Du fragst so eigentümlich! Hat er etwa, nein doch nicht — das nicht, Panides, gelt, so etwas hat er nicht gesagt!"
„Nein, so etwas hat er nicht … gesagt!"
„Panides! Du weißt etwas! Bei meinem Seelenfrieden, Panides: Hat er vielleicht etwas … vielleicht verächtlich über Giurda gesprochen?"
„Ich will dir nicht weh tun, Giurda!"
„Du — mir?"

„Schweigen wir!"

„Nein, nicht so, Panides! Dein Schweigen würde mir wie ein heimlicher Wurm am Herzen nagen! Sprich noch einmal, Panides! Sage mir die kalte Wahrheit, und ich will dich nie mehr fragen!"

„Ich fürchte, Giurda, dass es zu schwer auf dein Herz drücken würde. Vielleicht ist nichts dahinter. Eine Kinderei. Ich hätte schweigen sollen!"

Panides weiß genau, wie man sprechen muss, um die Neugier eines Weibes auf Siedehitze zu bringen.

Giurda ist aufgestanden und hat ihre beiden Hände auf die bebende Brust gedrückt.

„Panides! Ich bitte dich, mache mich nicht unglücklich!"

„Eben deshalb schweige ich!"

„Lieber Gewissheit als diesen nagenden Zweifel!"

„Würdest du mir glauben, Giurda? Du würdest mir nicht glauben!"

„Doch Panides! In solchen Dingen lügt nur ein Dämon der Tiefe!"

Panides beißt sich auf die Lippen.

„Giurda! Du scheinst also die Sache sehr ernst zu nehmen?"

„Es kommt darauf an, was es ist!"

„Nun gut! Giurda, du wirst mir eidlich versprechen, keinem Menschen davon zu reden, sonst tötet uns Tarans Wut! Wirst du mir schwören?"

„Ja! Nun also!"

„Nein, ich hätte doch nichts sagen sollen! Ich war zu rasch. Giurda, erspar mir das weitere!"

„Wenn Panides meine Neugier nur zum Spiel auf die Folter spannt, so verachte ich ihn, den ich doch gern geehrt wissen möchte!"

„Beim Schahatan! Weib, ich kann dir keinen Wunsch versagen und so will ich denn offenbaren, was ich weiß. Doch freilich, ich sagte schon, es ist nicht der Rede wert und Taran wird leugnen, wenn ...!"

„Keine Ausflüchte, Grieche! Giurda wird dir ewig dankbar sein."

„So sei es! Giurda kennt doch Halinda, die schöne Tochter Helwehs mit der geringelten Pferdemähne."

„Nun, ja!"

„Taran hat Halinda ..."

„Panides, Panides, jedes deiner Worte soll jetzt ein Schwur sein, der dir als Fluch in die Tiefe folgen wird, wenn du lügst!"

„Ich gäbe diese meine rechte Hand dafür, Giurda, wenn meine Worte Lügen wären, doch handelt es sich ja — ich bitte dich, bedenke das — um Spielereien, die nicht ernst zu nehmen sind, falls ..."

„Panides! Ich weiß noch immer nichts!"

„Ach, ja, Giurda hat doch wohl gesehen, dass Halinda dem Taran zu gefallen sucht, ihm nachstellt ..."

„Ich achtete nicht darauf — Halinda ist ja Tarans Leibeigene — aber jetzt, da du es sagst, will mir scheinen ..."

„Dass es eine Tändelei ist, Giurda — Halinda ist ja freilich hübsch und an einem Kusse stirbt man nicht!"

„Doch Panides! An einem Kusse kann man sterben!"

„Aber nur, wenn man ihn nicht erhält, Giurda! Da ich Taran kenne, möchte ich glauben, dass er Helwehs Tochter nur deswegen geherzt hat, weil er nach ihrem goldenen Ohrgehänge trachtet. Und weil es eine Schande ist, einem Weibe den Schmuck zu nehmen, hat Taran wohl jenen Köder benutzt, nach dem viele Forellen schnappen: er hat einen Kuss an die Angel getan und nun zappelt das Fischlein daran. Wohl wird

Taran die kleine Barbe nicht aus dem Wasser ziehen — aber bei allen Dämonen der Tiefe! Wenn du ihn zur Rede stellst, so wird er mich den Hunden verfuttern! Hörst du, Giurda ..."
Giurda aber hört schon lange nicht mehr zu. Dort sitzt sie mit schlaff gefalteten Händen, das blasse Gesicht an die Wand gelehnt und eine glänzende Perle zittert wie verlorenes Glück über ihre Wange.
„Du weinst, Giurda? Haben meine Worte deinem Herzen so weh getan, Giurda?"
Giurda schweigt.
Wie weltverloren schaut sie nach der Wand, wo sich ein Totenwurm tickend sein eigenes Grab ausbohrt.
„Giurda, blicke nicht so düster! Taran spielt wohl nur mit der Helwehnerin. Was kann das der Fürstin Giurda weh tun?"
„Dass ich ihm nicht mehr genüge!"
„Giurda soll das nicht so tief empfinden! Du bist noch viel, viel schöner als Halinda! Ja, Giurda, du bist das herrlichste Weib, das ich je bewundert habe. Giurda, wenn du dich rächen willst: Ich wage Tod und Marter für dich!"
Kaum merklich zittern ihre schweren Locken:
„Giurda rächt sich nicht am Vater ihrer Kinder!"
„Oder, Giurda! Willst du — höre mich, Giurda! Willst du seine Liebe wieder neu entflammen? Ich weiß den sichern Weg!"
Da schaut sie ihn durch die glitzernden Wimpern an, mit herzzerreißendem Weh:
„Glaubst du? Sprich, Panides!"
„Du machst Taran eifersüchtig, Giurda!"
„Ich — ich verstehe dich nicht, Panides!"
„Nun denn: das gleiche Spiel, wie Taran mit Halinda, beginnst du, Giurda! Ich will mich gerne opfern, Giurda, wenn es dein

Glück gilt! Ich will mich — meinetwegen von Taran totschlagen lassen, wenn er uns — uns zwei überrascht ..."
„Panides! Ich danke dir! Aber für dieses falsche Spiel ist auch die verschmähte Giurda noch zu stolz!"
„Giurda! Giurda! Es ist kein falsches Spiel!"
„Kein falsches Spiel?"
„Nein, Giurda! Ich will dir die Liebe Tarans hundertfach zurückgeben. Ich will mein Herzblut für dich hingeben. Ich will dein Leibeigener sein, den du schlagen darfst, wie Taran dich geschlagen hat!"
Giurda schaut verwundert um sich, als ob sie nicht recht gehört hätte, als ob sie soeben vom Schlafe erwachte. Langsam steht sie auf, geht auf den Griechen zu und legt ihm die schöne Hand auf die Schulter!
„Panides! Giurda hat zwei sonnige Kinder! Sie nennen mich Mutter! Ein anderer Name soll nicht ihre Ohren berühren! Auch die Liebe Tarans will ich nicht — um diesen Preis!"
Zum ersten Mal in seinem Leben hat der Grieche keine Antwort!
Wie mit gebogenem Rücken sitzt er da, denn vor ihm steht eine Königin! Verstohlen blickt er zu ihr auf und ... kann einen Ausruf der Überraschung kaum zurückhalten; denn um die Mundwinkel der Fürstin spielt ein glückliches Lächeln, und wahrhaftig: In den treuherzigen Wangengrübchen sitzt ein leibhaftiger Kobold!
„Panides!", lacht sie fröhlich und ohne tiefere Gemütsbewegung. „Panides! Ich glaube fast, ..."
„Waaas?"
„Du hast mich betrogen!"
„Ich? Wann?"

„Als du sagtest, dass Taran mir untreu sei! Du wolltest nur den lieben, Hilfreichen spielen!"

„Fürstin! Ha! Für wen hältst du mich ...?"

„Nun, für Panides! Geh jetzt, Freund, sonst — wenn Taran heimkommt, müsste er glauben, zwischen Giurda und Panides sei ein heimliches Spiel der Liebe und das — das ist nicht wahr!"

„Ich habe nicht gelogen!", presst der Grieche in namenloser Ohnmacht und Wut zwischen den Zähnen hervor.

„Oh, Panides! Tröste dich: Ich bin ja froh, dass du gelogen hast! Sei gesegnet dafür ... geh jetzt; horch, es kommt jemand!"

„Giurda, ich habe nicht gelogen! Ich schwöre dir ... "

„... ewige Liebe und Treue! Schon gut!"

„Wenn du nicht schweigst, so ... "

„... so werde ich plaudern! Doch sei ohne Sorge! Giurda ist ein Wort so heilig wie Panides ein Schwur!"

„-Und ich habe doch nicht gelogen!"

Damit wankt der Grieche hinaus. Die Fürstin schaut ihm lächelnd nach.

Mit fahlem, wutentstelltem Gesicht wendet sich Panides nochmals um:

„Fürstin Giurda! Du wirst dieser Stunde gedenken, da du mich zum Lügner stempeln wolltest, da du mich verhöhntest!"

„Weil du jetzt vergessen hast, zu hinken!", tönt es ihm nach wie fröhlicher Amselschlag.

Panides schleppt sich förmlich mit heißem Kopfe nach dem Geländer und stiert sinnlos in die Flut. Dieses Weib hat ihn durchschaut! Noch von der Hütte her dringt ein heimliches Lachen!

„Schahatan! Sie lacht!", knirscht er mit bebenden Zähnen. „Ich war meiner Sache so sicher eine Zeitlang — und jetzt lacht sie!

Wenn sie wenigstens noch die Entrüstete gespielt, mit sich gekämpft hätte, aber nein: Sie lacht! Erwürgen könnt' ich mich, langsam abwürgen, und ich glaube, bei allen Schandtaten der Götter, dass sie noch lachen würde! Ich wußte gar nicht, dass es solche Weiber gibt. Wie sie nur lachen konnte — noch mit Tränen in den Augen! Skylla und Charybdis! Und einen feineren Plan hätte der schlaue Odysseus nicht erfinden können. Da stehe ich nun wie Polyphem mit dem ausgelaufenen Auge! Aber! Du sollst mich auch noch einmal lachen hören, tugendhafte Viper!"

Eine Menschenjagd

Der Tag vergeht, ohne dass Panides an Essen und Trinken denkt, ohne dass er am Abend weiß, was er heute geträumt hat, womit er sein Hirn zermartert hat. Seine Gedanken durchwirren sich wie der tanzende Mückenschwarm im flimmernden Luftquell.
Es ist ein herrlicher, stiller Abend, eine nachzitternde Welle aus paradiesischen Zeiten, und Panides sieht es nicht. Aus dem höchsten Zweige einer Tanne jubiliert eine Amsel die Antwort auf das Schlummerlied eines fernen Kameraden und die hehre Königin des Tages lächelt noch einmal mit rosigem Munde so holdselig unter ihrer Wolkendecke hervor, dass selbst die weißhaarigen Riesen der helvetischen Alpen erröten. Dort am Geländer aber kauert ein armer, fremder Mann, in dessen Seele die Nacht eingezogen ist. Die dunkle, sternenlose Nacht ...
Vom Walde her tönt ein Jagdhorn. Die Jäger kehren zurück, doch ohne Beute. Aber auf ihren Gesichtern liegt ein entschlossener Zug.
„Wie fühlst du dich, Panides?", fragt der voranschreitende Taran.
„Gut!"
„Du scheinst doch etwas ermüdeter zu sein, als du gestehen willst! Hat Giurda dich nicht heilen können?"
„Doch! Ausgezeichnet!"
„Schade, dass du morgen nicht mit kannst!"
„Was ist vorgefallen?"
„Wir haben seine Spur wiederentdeckt!"
„Ah! Warwin?"

Panides fährt auf, wie ein Wolf, vom Rehruf geweckt. Neue Hoffnung durchglüht seinen Geist — das Gold! Der vergrabene Schatz!

„Ja, wir haben sie wieder, seine Spur, und weißt du, Panides, wohin sie führte?"

„Nach dem Bärenfelsen?"

„Nein! Nach unseren Weizenfeldern! Wir trafen dort sogar sein Nachtlager; er muss mit den Leibeigenen gesprochen haben … dort kommen sie!"

Gebückt und von Schweißdunst umgeben trotten sie stumm heran, die Freiheitslosen, voran die Männer mit kahlgeschorenen Schädeln, bartlos und waffenlos — die einstigen Fürsten des Urwaldes, und hinter ihnen mit Rabengekrächze und Spatzengezwitscher die Taraner- und Helwehnerweiber.

Schamgebeugt wollen die Männer vorübergehen, da spricht Taran sie an:

„Wartet noch! Helweh! Wo befindet sich dein Sohn?"

Ja, ist denn das wirklich Helweh, diese astlose Wettertanne? Helweh, der einstige Jägerfürst? Scheinbar demütig tritt er vor seinen Herrn, aber aus seinen Augen leuchtet ein verhaltenes Licht.

Wehe dir, Taran, falls die Rollen wechseln sollten!

„Ich habe dich gefragt, wo dein Sohn sei!", herrscht ihn Taran verächtlich an.

„Ich weiß es nicht, Fürst Taran!", entgegnet der Leibeigene mit unheimlicher Kälte. „Und wenn ich es wüsste, so hättest du, Fürst Taran, keine Marter, welche mir das Geheimnis entlocken könnte!"

„Morgen werden wir ihn fangen, Helweh!"

„Dann bin ich dein Leibeigener, Taran!"

„Das bist du schon längst!"

„Solange Warwin frei lebt, ist die Sonne der Helwehner noch nicht untergegangen!"

Taran entgeht es nicht, dass die arbeitgebeugten Rücken bei diesem Worte wie nach einem frischen Windstoße sich aufrichten.

„Der falsche Grieche hat dich belogen, Taran!", fährt Helweh weiter fort. „Seine Lüge hat uns vernichtet. Sie wird auch dein Untergang sein!"

„Einer von euch ist ein Lügner, ja, Helweh! Aber Panides hat wiederholt sein Leben für meine Ehre gewagt, und sein kühner Geist wird mir zum Schatze verhelfen, wenn sonst alle Versuche versagen!"

„Vertraue auf ihn, Taran! Ich bitte dich darum!"

„Hinweg mit euch jetzt in eure Hütten, ihr Groppenköpfe!"

Die Helwehner trotten wie alte Bären über den Rost in ihre Behausungen, die beständig von Bewaffneten bewacht werden. Taran geht in seine Wohnung, wo er von Giurda und den Knaben begrüsst wird. Sie schmiegen sich an ihn wie Efeu an die Urwaldtanne.

Durch ein Astloch aber glüht ein dunkles Auge wie Leuchtholz im Waldesdunkel:

„Wenn sie jetzt schwatzt, bin ich verloren, wenn nicht, dann ... sie!"

Schon bald nach Mitternacht versammelt der Fürst seine Krieger zur Menschenjagd.

„Taraner! Ich muss den Buben der Helwehner lebendig haben, sonst ist das Geheimnis verloren! Ich werde euch zu belohnen wissen! Hardwin, du gehst mit zwei Kriegern an den Bärenbach, wo das Wasser die Wände des Bärenfelsens verlässt. Du, Gerwolf, stellst dich ebenfalls mit zwei Jägern an den Bach, aber dort an der Blöße, wo er bald den Urwald verlässt. Wenn der Bube dann wieder im Bache verschwindet, werdet ihr schon sehen, ob er durch die Luft reitet! Wir andern nehmen seine Spur auf und verfolgen sie. Vorwärts! Geschlossene Jagd; nehmt die Hunde an die Leinen!"

Lautlos wie ihre Hunde ziehen die Jäger über die Brücke und verschwinden im Urwalde.

Hardwin, der Meisterjäger Tarans, pirscht sich mit seinen zwei Genossen in der Richtung nach dem Bärenfelsen; ihm voran zieht der struppige Jagdhund mit gierigen Augen.

Die Morgendämmerung ist noch nicht angebrochen, und schon hören die drei Pirschenden das Rauschen des stürzenden Wildbaches. Unter einem verkrüppelten Föhrengebüsch, hart an der Felswand, kauern sie sich nieder und warten. Der hagere Hund ist unzufrieden und scheint zu schlafen; aber unter den halbgeschlossenen Lidern zwinkern seine heimlich glühenden Lichter hervor, und bei jedem Knistern eines Blattes zucken seine Ohrenspitzen.

Dort auf höchstem Tannenwipfel erwacht eine Amsel und bricht vor Freude, dass das Geträumte Wirklichkeit ist, in namenlosen Jubel aus. Der hämische Eichelhäher reckt sich krächzend und fluchend ob dieser Störung und weckt mit seinem Gekeife den ganzen Wald, der nun vom ungezügelten Spektakel der Federhösler widerhallt. Plötzlich ist alles mäuschenstill! Was ist geschehen? Ein Fischadler kreist über dem Urwalde, hoch in der Luft, und ehrfurchtsvoll schweigen da unten die gewöhnlichen Sterblichen: Die Mäuse verkriechen sich, die jungen Häslein lauschen ängstlich im Grase und die Meisen und Zaunkönige machen sich noch kleiner. Der großmäulige Häher aber steckt vor Todesangst den Schnabel bis über die Ohren ins eigene Gefieder.

Der herrliche Morgen geht vorüber, lautlos und märchenhaft wie eine Fata Morgana. Hoch steht die Sonne am Himmel und glüht wie ein brennendes Auge durch die Finsternis des Urwalds, und über den wilden Kalkfelsen des Jura liegt zitternde Heißluft.

Da tönt aus der Ferne ein Hornzeichen. Der Hund der Taraner scheint das Zeichen zu kennen; denn seine Pfoten wühlen heimlich im Sande, und die äußerste Spitze seines Schweifes wird lebendig.

„Achtung! Wild aufgejagt!", ruft Hardwin mit verhaltener Aufregung.

Nach einiger Zeit ertönt das Zeichen wieder und aus nicht allzu großer Ferne vernimmt man Hundegeheul — die Jagd wird offen; das Wild ist auf der Flucht!

Die drei Jäger lauschen mit angehaltenem Atem.

Die Entscheidung naht! Vor ihren Augen muss sich bald ein Rätsel lösen – oder noch fester verknoten.

Da stützt der alte Jagdhund einen leisen winselnden Warnlaut aus. Ah! Dort unten in den Büschen zittern die Zweige; wie von einem einzelnen Windstoß getrieben, pflanzt sich die Bewegung fort, und — wahrhaftig! Dort stürzt ein Mann aus dem Gebüsch — Warwin, der Helwehner! Er scheint von weither gerannt zu sein; denn sein vorgeschobenes Kinn und der halbgeöffnete Mund verraten die nahende Ermattung. Er ist hager und braungebrannt. Mit wahrer Wollust stürzt er sich in den sprudelnden Bergbach und wälzt sich darin, dass die schäumenden Wasser hoch aufspritzen — dann horcht er und watet bachauf.

„Er kommt auf uns zu!", jubelt Gerwolf und hebt seinen Wurfspeer. Harwin fällt ihm in den Arm:

„Warte! Wir müssen ihn lebendig haben. Wenn er die Schlucht erreicht hat, kann er nicht mehr ausweichen!"
Ahnungslos kommt der Flüchtling näher!
Von Zeit zu Zeit horcht er auf die nahende Meute. Jetzt hat er die Schlucht erreicht, wo der Wildbach von den Felsen stürzt. Hardwin gibt seinen Genossen ein heimliches Zeichen; sie folgen dem Fliehenden. Das Rauschen verschlingt jeden Ton hinter ihm — wenn er sich nicht etwa wendet.
Doch jetzt hält er inne, rollt seine Schlinge ab und — sieht seine Gegner. Wilde Entschlossenheit leuchtet aus seinem verwilderten Gesichte. Ein Griff nach dem Bronzebeil, ein wuchtiger Ansprung — ein Ausweichen ist fast unmöglich. Ein kurzes Blitzen, und Gerwolf windet sich schwergetroffen im Wasser.
Die Lage wird eigentümlich und rätselhaft; denn Warwin greift wieder zum Lasso, weicht gewandt einem Speere Hardwins aus, zielt scheinbar nach Hardwin, und da hat die fliegende Leine den vorspringenden Aststummel einer Eibe gefaßt und schnell wie ein Eichhorn turnt der gewandte Jäger empor und hat den Stamm erfaßt — da zischt ein Bronzepfeil in seine rechte Schulter. Warwin zuckt zusammen, wankt und reckt sich mit einem einzigen verzweifelten Ruck auf den Felsen. Dort zieht er sich mit verbissenen Zähnen den mit Widerhaken bewaffneten Pfeil aus dem Fleisch und stürzt weiter. Es geht um Leben und Tod und Freiheit. Über Stock und Stein rast er dahin; ein matter Dunst hat sich über sein Augenlicht gelegt. Er hört nicht das lechzende Fauchen hinter sich, bis er die Fangzähne des alten Jagdhundes in den Fersen fühlt und der Länge nach stürzt. Ein wilder Knäuel wälzt sich am Boden; der Hund sucht seine Gurgel und Warwin hat kaum noch die Kraft, mit der blutig zerfetzten Rechten die Kehle des rasenden Tieres abzuhalten. Schon hört er nicht allzu ferne die Jagdhörner

seiner Feinde und das winselnde Geheul der anderen Hunde — da versucht er das Letzte: Er presst mit einem plötzlichen Ruck den Hals des Hundes an seine Brust. Arme und Beine werden ihm zerkratzt, seine rechte Wange ist von den Reibzähnen zerfetzt, er wälzt sich mit dem Tier über den Boden hin. Von den Lefzen des tollwütigen Hundes tropft ihm Geifer und Schaum ins Gesicht ... da ... da glänzt etwas in seiner Linken. Das Tier würgt ein halbersticktes Winseln heraus, der Schaum wird rot und der Kampf ist entschieden. Warwin zieht aus der struppigen Flanke des zuckenden Wolfshundes seinen Bronzedolch. Aber schon hört er am Abhange unter sich die kläffende Meute. — Wohin? Der nächste Augenblick muss es entscheiden. „Ah, dort über den Felsen, damit die Hunde meine Spur ..." — schon steht er an der Kante und prallt wieder zurück. „Ich war verrückt! Wo bin ich denn sicherer als in der Schlucht, wo ich aufgesprungen bin. Noch ist es Zeit, noch — ha! Ich muss rückwärts gehen, bis ... sie müssen glauben, dass ich über jenen Felsen gesprungen sei — mir schwindelt — nur jetzt nicht zusammenbrechen, nur jetzt nicht. Huhur! - - - Dort steht er ... oder ist's ein ...? Nur noch einen Augenblick nicht stürzen — nur nicht diesen Triumph den stolzen Taranern gönnen."
Wie von einem Speer getroffen sinkt er am Rande des Felsens hin und legt mit zitternden Armen den Wurfriemen um den Eibenstummel – er muss alles greifen; denn vor seinen Augen rast eine rote, blutige Feuersbrunst, und seine Zunge hängt fast wie beim toten Hunde zwischen den Zähnen heraus. Mit beiden Armen umfasst er den Doppelriemen und gleitet hinab — ins Wasser, das ihn mit paradiesischer Kühle umfängt.
Dort auf der angeschwemmten Sandbank wirft er sich hin. Wilde Phantasiegestalten umgaukeln ihn: Er kämpft mit rasenden Bären und Hunden, windet sich im brennenden Pfahlbau

und kämpft mit einem Knäuel wütender Taraner. Er windet sich in seinen Fieberträumen wie ein Wurm und gerät schließlich mit dem Oberkörper in seichtes Wasser — das scheint ihm gutzutun; denn er wird ruhiger und bleibt schließlich liegen.
Gegen Abend erwacht er fröstelnd. Wie noch im Halbschlummer greift er sich an die Stirne:
„Habe ich geträumt oder war das alles Wirklichkeit? Ist mein Erinnern eine Fieberphantasie, oder ... hier liege ich im Wildbachkessel, und ... ah! Dort hängt noch meine Wurfschlinge. Ich will sie gleich ... Schahatan, wie sehe ich aus! Dort ist der Sand rot von meinem Blut. Ich muss mich ... wie wird mir denn? Die Felsen fangen zu tanzen an. Ich muss mich setzen. Ich blute ja noch, gut, dass ich nicht verblutet bin! Mein brennender Durst ... ah, dieses herrliche Wasser. Dank dir, du Gott des Lichtes, du Spender des Masters, du herrliche Gabe! Nun aber erst verbinden!"
Er schneidet Riemen von seinem Fellkleide, wäscht die Wunden und verbindet sie, so gut es geht.
„Nun fort — hier ist's zu kalt und feucht für die Nacht!"
Wie er nach dem einen Teile des Lassos greifen will, um ihn herunterzuziehen, hört er von oben plötzlich Stimmen:
„Wenigstens den Lasso soll er nicht mehr haben!"
Dieses Wort gibt ihn vollends der Wirklichkeit zurück. Wie ein überraschter Marder wirft er sich unter den Felsen und horcht:
„Ich habe es immer gesagt", fährt die vorige Stimme fort:
„Er hat ein Amulett vom alten Huhur, und dieser hat mit Schahatan verkehrt. Er kann sich unsichtbar machen! Es ist nicht anders möglich: Plötzlich hört die Spur auf, und im Umkreis von Tagesmärschen ist sie nicht mehr zu finden!"

Der Lasso wird emporgezogen und dann wird's still. Nur auf dem höchsten Zweig dort, auf dem gleichen wie heute Morgen, jodelt eine fröhliche Amsel ihr Abendlied.

Wie es dunkel geworden ist, wagt sich Warwin aus der Schlucht hinaus, vorsichtig, Schritt für Schritt; denn er ist überzeugt, dass irgendwo Wachen zurückgelassen sind. Er watet deshalb im Bache — meist auf allen Vieren — bis an die Aare. Lautlos schwimmt er ans andere Ufer und schleicht sich noch einige Stunden weiter nach einem Buchenwalde, wo er im rauschenden Laube wie ein Toter niedersinkt.

Gegen Morgen erwacht er durch einen stechenden Schmerz am linken Ohr. Jäh zuckt er auf und dort huscht eine Wanderratte durchs Laub und verschwindet im Wurzelwerk eines Urwaldriesen. Wahrhaftig! Sie hat ihn wohl für tot gehalten und behaglich seine Ohrmuschel angenagt. Er kennt die Gefährlichkeit einer solchen Wunde und wäscht sie sorgfältig aus. Dann besteigt er eine sanfte Anhöhe (des heutigen Bucheggberges), um die wärmenden Strahlen der Morgensonne zu erwarten. Er schlottert vor Erschöpfung und Blutverlust. Endlich leuchtet das Tagesgestirn glühend hinter den Schneezacken der Alpen hervor, wie eine strahlende, goldene Schale, die neuerwachte Welt mit Licht und Herrlichkeit übergießend. Warwin ist sinnend in sich selbst zusammengesunken: „Ich bin der reichste Fürst und doch so arm! Was ist mein Gold gegen Glück und Freiheit? Wenn ich damit die Meinen loskaufen könnte! Nie würde Taran sie mir geben, trotz seiner Gier nach dem seltenen Metall. Eher würde er sein Wort brechen und mich gefangen nehmen; denn das Gold hat seinen Sinn verkehrt. Und doch! Das Gold ist stärker als der stärkste Mann und schöner als das schönste Weib! Es besiegt alle. Ach! Wenn ich die Meinen loskaufen könnte durch einen andern!! Einem andern würde er sie um des Goldes willen sicher als Leibeigene verkaufen!"

Warwin ist aufgestanden; der Gedanke hat ihn die körperliche Schwäche beinahe völlig vergessen lassen.

„Wie, wenn ich zu den mächtigen Thurachern ginge? Hier am Jurasee wagt keiner, mit mir gegen Taran gemeinsame Sache zu machen. Aber die Thuracher sind großmütig und bieder; sie werden den Fremdling nicht verstoßen, wenn sie auch mit uns nicht stammesverwandt sind und unsere Gebräuche nicht teilen. Ich gehe zu den Thurachern!"

Der einsame Mann untersucht seine Waffen: Dolch, Schwert und Bogen sind noch seine ganze Waffenhabe. Erst jetzt fühlt er, dass er Hunger hat. Also erst auf die Jagd!

Im nächsten Bache fischt er nach Forellen. Wie er dabei zufällig im Wasserspiegel sein Gesicht bemerkt, schrickt er unwillkürlich vor sich selbst zurück: Wie Wurzeln wachsen ihm die wilden Haarsträhnen über die Stirne; wie weiches Moos hat sich ein leichter Flaum um Kinn und Wangen gelegt. Aschfahl ist sein hageres Knochengesicht, blutunterlaufen die bleifarbenen Augen, die Haut von Hundezähnen zerfleischt — ein Urwaldmensch von erschreckender Gestalt! Er will versuchen, zu lachen, aber aus dem Wasser starrt ihm nur das unnatürliche Grinsen eines verzerrten Leichengesichtes entgegen.

Die ersten Fische bereitet er gleich zu, reibt sie mit scharfen Waldgewürzen ein und zerreißt sie mit einem wahren Wuthunger. Dann überfällt ihn wieder das Gefühl der Schwäche; am sonnigen Bachbord schlummert er ein und schläft einen langen, steinernen Schlaf.

Ein Heer von giftigen Rot-Ameisen verhilft ihm wieder zum Bewußtsein. Wie lange er geschlafen hat, zeigt ihm die rosafarbenen Wolken hinter den Alpen, wo die Blume des Tages

neu erblüht. Das belebt ihn, gibt ihm neuen Mut ... auch nach der dunkelsten Nacht geht wieder eine Sonne auf!
Und dann wandert Warwin gegen Osten, durch Dorngestrüpp und Urwald.
Schwere, mühselige und entbehrungsreiche Tage und Nächte hindurch wandert der fliehende Krieger.
Aber der Wille zu leben und Freiheit pocht ungestüm in den Adern des Urwaldjägers und sein Herz schreit nach Rache!

Auf der Bärenfährte

Und immer noch wandert Warwin.
Bis jetzt ist ihm kein Großwild begegnet; seine Waffen wären auch zu mangelhaft, denn Speer und Schlinge fehlen.
Am Vormittag des zweiten Tages stößt er auf eine Spur, die ihn zu einer anderen Zeit entzückt hätte: Eine Bärin mit zwei Jungen ist hier gegangen; das zeigen ihm die Größenverhältnisse der Tatzenabdrücke. Warwin will weitergehen, aber der Jäger steckt zu sehr in ihm: er muss der Spur folgen! Sie ist so frisch, dass die größte Vorsicht geboten ist; dort im nassen Boden krümmt sich noch ein von der rechten Vorderpranke zertretener Regenwurm. Die Bärin ist zweifellos auf der Suche nach Futter für die unersättlichen Bürschchen; vielleicht folgt auch „Er" irgendwo „errötend ihrer Spur!" Diese führt bald nach einer buschigen Lichtung, der Größe nach eher eine Steppe zu nennen. Dort weidet eine Herde von Wisenten. Aha, die alte Bärin scheint auf Großwild erpicht zu sein! „Wo sind die Raubtiere?" Schahatan! Dort unter dem Weißtannengebüsch lauern die drei Bären, unauffällig wie moosige Höcker des Urwaldbodens. Ein nur wenige Wochen altes Wisentkalb scheint von den Raubtieren zur Beute ausersehen zu sein. Warwin zieht Schwert und Dolch, denn die Jagd ist für ihn gefährlich. Für einen Kampf mit Bär und Bison ist er noch zu schwach.
Lange bleibt das Wild unverändert, aber spannend und verheißungsvoll für den Lauscher, in dessen Adern das Blut des Urjägers pulsiert. Da scheint es endlich einem der Jungburschen zu dumm zu werden; denn er steht auf, wohl, um auf eigene Faust ein Geschäft zu eröffnen; aber kaum steht er auf seinen

struppigen, hohen Lauf-Pfosten, so erhält er von Mamas Naturfächer eins auf die Nase, dass er sofort wieder eine tiefe Kniebeuge macht.

Die Mähnentiere grasen ruhig weiter, ohne von der Nähe ihres fürchterlichen Feindes eine Ahnung zu haben. Bald nähern sie sich im Vorwärtsgrasen einem jenseitigen Winkel, den die Blöße in den Waldrand hineinwirft. Nun erheben sich die lauernden Bären und umkreisen im Walde die Steppenbucht, lautlos und mit falschglühenden Augen.

Warwin folgt ihnen; sie hätten ihn wohl längst gewittert, wenn ihnen der Braten da vorne nicht gar zu sehr in die Nase gestochen hätte. Bald steht Warwin wieder hinter den Raubtieren und das Lauern beginnt von neuem.

Heiß brennt die Sonne vom Himmel, und dieser Umstand scheint die Entscheidung näher zu bringen; denn dort legt sich das Kalb in die kühlen Huflattiche nieder, während die noch ziemlich junge Wisentkuh ruhig weitergrast, bis sie hinter einer Himbeerhecke zur Hälfte verschwunden ist. Die gewaltige Bärin scheint auf diesen Zeitpunkt gewartet zu haben; denn sie erhebt sich, ihr vorbestrafter Liebling ebenfalls, und zum zweitenmal erhält er einen Klaps, dass es klatscht, wie wenn man mit einem Lanzen-Schaft ein aufgehängtes Fell klopft; der Schlingel knüllt sich denn auch zusammen wie ein geschlagener Igel, aber er faucht und fletscht die „Alte" an wie ein bissiger Hund, der vorsichtige Junge! Dort erhebt sich das Kalb wieder, und — wer hätte dem so plump aussehenden Bärenweibchen diese Gewandtheit zugetraut — ohne einen Laut von sich geben zu können, bricht das Kalb unter den wuchtigen Tatzen des Raubtieres knackend zusammen, und schon hat der Räuber seine Beute geschnappt. Da fährt schnaubend und mit hocherhobenem Schwanze die junge Kuh daher und stößt ihr Horn dem Mörder ihres Kindes in die Flanken; aber die Haut eines alten Bären ist zäh wie Leder; kaum eine blutige Haarschürfung ist bemerkbar, und nun zeigt sich das Raubtier in seiner wahren Gestalt: Mit unheimlicher Schnelligkeit weicht es aus und hält in der nächsten Sekunde den Hals der jungen Kuh mit beiden Pranken umfasst und, die Hinterpranken an ihre Brust gestemmt, hat es die furchtbaren Zähne mit fletschender Wut in den Nacken vergraben, dass die Halswirbel knacken — mit stöhnendem Schnauben sinkt das junge Tier zu Boden, aber die grausame Umklammerung lässt nicht locker, die Zähne zwängen und martern sich tiefer, dass die lange Schnauze des Bären in hündischer Gier sich umstülpt und der Geifer wie bei Tollwut von der Lefze fließt. Tief ins bluttriefende Fleisch haben sich die fast fingerlangen Krallen der Vorderpranken eingewühlt, und die zottigen Hinterpranken kratzen auf der Suche nach einem festen Halt ganze Fetzen von Brust und Flanken fort. Alles ist das Werk eines einzigen Augenblickes, eines einzigen Sprunges — fast lautlos, mit berechneter Sicherheit kämpft der Bär. Keine unnötige Bewegung, alles geht wie abgemessen — und das gewährt den Anblick scheinbarer Plumpheit. Nun aber ändert sich das Bild: Kaum ist das Rind niedergerissen, so erscheinen die hochbeinigen, unschönen Bärenschlingel, voran mit grinsendem Zähnegefletsch der geschlagene Jakob; aber nach zwei, drei Sprüngen halten sie plötzlich inne und starren trotz ihrer hündischen Gier mit unnachahmlicher Dummheit über die kämpfende Gruppe hin: dort schaut nämlich ein riesiges Stierengesicht mit mähnenhaftem Halsbart und höchst verwunderten Glotzaugen über die Brombeerstaude herüber: Er, der „Vater"! Die zwei Lausbuben dort scheinen in der Atmosphäre etwas zu schnuppern, das wieder nach Prügel riecht, und lassen sich deshalb mit vorläufiger Geistesgegenwart auf jenen Körperteil nieder, der zur Beratung dient. Da macht sich ein schnaubender Laut bemerkbar, sturmwindartig pfeifend, wie wenn der Wipfel einer fallenden Riesentanne durch die Luft fährt — und über der Brombeerstaude erscheint wie ein alles verdunkelnder Wolkenball der gewaltige Körper des Bisonstiers mit hocherhobener Schwanzquaste und gesenkten Hörnern. Dieser Besuch scheint auf die zwei hockenden Schneidergesellen einen gewaltigen Eindruck zu machen; denn sie rutschen, wie es die Anstandsregel verlangt, rückwärts hinaus und verschwinden im Walde. Der alte Bär aber ist so sehr in sein blutiges Handwerk vertieft, dass er die Ankunft des Vaters Ibrahim zu spät bemerkt, zwar nur um eine halbe Sekunde, aber sie genügt zum Verhängnis: wie ein stürzender Felsblock fährt das steinerne Genick des Riesentieres dem Mörder wahllos in die Seite, dass die Rippen hörbar krachen. Wohl gräbt der wild aufheulende Bär seine Krallen in das dicke Leder seines gewaltigen Gegners, aber es sind für diese Masse nur Nadelstiche — da geschieht etwas für den lauschenden Helwehner Unbegreifliches, Unsägliches, etwas, wie er es ähnlich nur vom alten Huhur hatte erzählen hören und für ein Märchen gehalten hatte:

Auf das fürcherliche Gebrüll des Bären erscheint im Gebüsche des Waldrandes einer der jungen Bärenjünglinge, und zwar gerade derjenige, der heute schon zweimal Schläge erhalten hat. Wie der seine arme Mutter in so furchtbaren Gefahren sieht, schnellt er mit fletschenden Zähnen vor, macht um die Gruppe der kämpfenden Titanen einige drollige Sondiersprünge und beißt dann plötzlich seine Alte in ein Bein!

Und doch bringt diese unnatürliche Tat eines pflichtvergessenen Sohnes der Bärin eine kurze Erlösung: wie nämlich der

Bison, welcher mit verdrehten Augen und hochaufgerichtetem Schwänze, die Hinterläufe weit gespreizt, die Bärin mit eigentlicher Stierenwucht auf den Boden zwängt, den neuen Feind erblickt, lässt er einen Augenblick los, um auch jenen dort niederzuschlagen. In diesem Augenblick windet sich das gewaltige Raubtier wie ein getretenes Wiesel in seinem Schmerz herum und hat sich plötzlich, aufbrüllend vor Wut, in das Maul des Stieres verbissen, dass Knochen und Knorpeln krachen. — Mit wuchtigem Rückstöße will sich der Wisent aufbäumen, aber der Bär hat gefasst und sich mit seinen Pranken um den riesigen Mähnenhals geklammert. Einen solchen Kampf hat der erfahrene Jäger noch nie geschaut.   Der Stier schleppt seine hängende Last hin und her, sein blutiger Geifer vermischt sich mit dem rosenroten Schaume des Raubtieres, er sucht seinen Gegner in Stellung für den Stoß zu wälzen — umsonst! Die linke Tatze hat sich bereits in sein rechtes Auge verkrallt, die rechte holt windschnell aus und — ein Schlag! Das linke Horn hängt an seinem blutigen Kern herunter. Da kann sich der Jäger nicht mehr halten: Mit einem Sprunge stößt er dem Bären sein schlankes Bronzeschwert hinter das rechte Schulterblatt und springt wieder zurück. Da läßt der Bär langsam los und windet sich in mattem Todeskampfe am Boden. Aber auch der Bison stößt nicht mehr: blutüberströmt, einhörnig, mit zerquetschtem Maule und zerrissener Zunge glotzt er mit dem einen Auge vor sich hin und wendet sich schwerfällig ab. Dort bleibt er stehen. Wie blödsinnig schnaubt er im Gras herum, aber er kann nicht mehr weiden. Hätte Warwin einen Speer, so würde er den wackeren Helden von seinen Schmerzen erlösen, aber das Bronzeschwert könnte der mächtige Geselle immer noch falsch verstehen. Das edle Bärenbrüderpaar aber sitzt wieder dort drüben und wartet wahrscheinlich auf Fütterung.

Warwin versucht sie zu beschleichen, aber da drücken sie sich, um sich beim Armenamte anzumelden. Der Jäger aber trennt der toten Bärin die leckeren Tatzen ab und schneidet sich aus ihrem Totenhemde ein Schultertuch heraus, dann geht er. Noch einen Blick wirft er auf den Kampfplatz zurück: dort glotzt der hochnackige Stier mit seinem zerfetzten Maul still vor sich hin und denkt über vergangene Zeiten nach.

Das Mal der Schmach

Die Jagd hat den einsamen Jäger von seiner ursprünglichen Richtung abgelenkt, denn am Abend gelangt er über die Reust an den Albis-See.
Müde an Leib und Seele legt er sich am schilfigen Gestade ins rauschende Riedgras. Gedankenleer starrt er zum nächtlichen Himmel empor; nur ein einziger, einsamer Stern schaut zwischen düsteren Wolken auf den wetterdunstigen Urwald nieder; in den nahen Tümpeln quacken die grünen „Singvögel" der Tiefe die innersten Gedanken ihrer Seele. Warwin glaubt sie zu verstehen; denn noch im Halbschlummer denkt er wie immer, Tag und Nacht, an sein kühnes Ziel: die Befreiung der Seinen aus der Leibeigenschaft. Wie aus dem Jenseits tönt es ihm aus den Tümpeln entgegen:
„Wag's, wackerer Warwin, wag's!"
Wie werden ihn die mächtigen Thuracher aufnehmen? Werden sie nicht vielleicht den verwilderten Waldmenschen wie einen räudigen Hund in die Wälder jagen, weil mit bösem Zauber behaftet?
„Wag's, wackerer Warwin, wag's!"
„Wag's, wackerer Warwin, wag's ...!", singen die Frösche.
Da wechselt das Bild: Der Träumende sieht sich im großen Thuracherdorfe, mitten in einer Schar von Menschen. Alle staunen ihn an, und er weiß nicht warum. Ein Mädchen tritt vor, die Schönste von allen. Wie er sich schämt, so voll Blut und Schmutz und Wunden. Sie reicht ihm einen Becher zum Trunke und wäscht ihm das Blut aus dem Gesichte.

„Wag's, wackerer Warwin, wag's!", schreien die Frösche.

Es ist so schön, dieses Traumbild, dass eine Träne die braune Wange des Schlafenden benetzt. Und sie ist so lieb, die Thuracherin, so wunderbar lieb, dass er den Traum nicht ertragen kann und zur dumpfen, wild enttäuschenden Wirklichkeit erwacht.

Warum ist er eigentlich erwacht? Horch! Was ist das? Sein Jägerohr hat ihn nicht getäuscht. Am jenseitigen Gestade des Sees geht irgendetwas vor! Wahrhaftig! Über den See schimmert die flackernde Helle eines Wachfeuers! Wer mag es sein? Wohl Thuracher auf der Jagd?

Der Jäger des Urwaldes ist erwacht, die Müdigkeit aus seinen Gliedern verschwunden. Wie ein Fuchs umschleicht er die Bucht und nähert sich durch deckendes Gebüsch dem hellerleuchteten Lagerplatze. Dort bietet sich ihm ein geradezu unverständliches Bild:

In weitem Kreise um das Feuer stehen und kauern etwa dreißig wetterwilde Gestalten und verspotten ein Mädchen, das sie dort neben dem Feuer an eine Tanne gebunden haben. Sie ist sicher noch nicht zwanzig Jahre alt und so schön und lieb wie Sternenschein. Man hat sie so roh gebunden, dass ihre schlanken Arme fast ausgerenkt den Stamm nach rückwärts umschlingen und ihr Haar ... Schahatan! Man hat sie auch mit ihrem eigenen Wellenhaar an die Tanne geknüpft; ein Teil davon fällt ihr wie ungebleichte Flachsstrangen auf Schulter und Brust nieder. Ihr feingewobenes, schneeweißes Linnenkleid ist schmutzig und unten zerfetzt. Warwin reibt sich mit Gewalt die Augen; denn er glaubt wahrhaftig noch zu schlafen. Aber nein, es ist Wirklichkeit: Dort hart neben ihr plätschern die Wellen. Ein erneutes Schreien treibt ihm das heiße Blut in die Schläfen: Vor ihr steht ein kaum zehnjähriger Bengel und sticht dem armen Opfer mit einem Halm in die Nase, dass ihr die Tränen über die Wangen laufen. Warwin muss beim Anblicke dieses hoffnungsvollen Jünglings an den Bären denken, der heute seine Alte gebissen hat. Jetzt kauert sich der Schlingel nieder und zieht sein Messer.

„Was willst du?", fragt einer der Jäger, der nach seiner Kleidung und Bewaffnung nun wohl ihr Anführer ist.

„Ihr die Nägel abschneiden, Vater!", entgegnet der Sprössling mit grinsender Gebärde.

„Warte noch!", sagt der Vater mit wohlwollender Stimme, „das kannst du daheim tun! Wir müssen uns beeilen; denn es ist immerhin möglich, dass die Thuracher-Hunde den Verlust ihrer Fürstentochter bemerkt haben!"

„Sie finden unsere Spur nicht! Es war ja schon Nacht!"

„Aber sie haben gute Hunde! Wir wollen ihr das Schandmal der Leibeigenschaft aufbrennen, das sie auf alle Fälle für ihr ganzes Leben tragen muss! Und dann schleunigst fort!"

Jetzt weiß Warwin, der Lauscher, um was es geht! Die Seejäger des Ostens haben die Gewohnheit, ihren Leibeigenen ein Pfeilmal auf die Stirne zu brennen. Das Mädchen dort ist eine Thuracherin; folglich müssen die Räuber hier zum Stamme der Tuganer gehören; denn diese zwei Stämme leben von alters her in Erbfeindschaft, und die Tuganer waren immer tapfer gegen die Mädchen und hervorragend im Frauenraub.

Wahrhaftig!

Nun kniet der Tunichtgut schon am Feuer und hält einen Bronzepfeil in die Glut. Warwin nimmt die letzte Lebenskraft zusammen und zieht sein Bronzeschwert: Für dieses Mädchen will er sterben! Einen schöneren Jägertod hat er sich nie geträumt, als kämpfend für die Ehre eines unschuldigen Mädchens zu sterben — dann mögen seine Gebeine hier im Urwalde bleichen!

Der Knabe scheint sein Handwerk nicht übel zu verstehen, denn er prüft die Hitze des Pfeiles, indem er mehrmals darauf spuckt und förmlich aufjubelt, wenn das Metall dampfend aufzischt.

„Gelt, Vater, ich darf es tun?", fragt er in einem so kindlich lieben Tone, dass es dem Alten unwiderstehlich ans Herz greift:

„Ja, Wigulin, du sollst es tun! Die stolze Thuracherin soll von einem Tuganerknaben gebrandmarkt werden, aber schnell; es wäre ja möglich …"

„Sofort, Vater! Und wenn es das erste Mal zu wenig tief brennt, so werde ich …"

Der Knabe ist vor das Mädchen hingetreten und hält ihr den glühenden Metallpfeil mit liebenswürdigem Lächeln hart vor die Augen. Ein wehes Wimmern!

„Gelt, wie es duftet, Withura", schmunzelt der Wicht. „Ein solches Vergissmeinnicht hast du noch nie gerochen!"

„Schnell! Sonst wird er kalt!", ermuntert ihn der Vater.

„So! Schön stillhalten, bis …"

Warwin hat sich nicht mehr halten können; ein Sprung, und der Feuerwerker liegt zur Seite geschleudert am Boden.

„Tuganer! Wollt ihr eure Waffenehre schänden? Dieses Brandmal trifft euch mehr als das wehrlose Mädchen! Schämt euch! An jedem Jägerfeuer wird man eure Untat erzählen. Bei eurer Kriegerehre …"

Der Helwehner hält inne. So starre, schreckensbleiche Gesichter hat er noch nie gesehen. Sein Aussehen muss sie förmlich erschreckt haben.

„Der Schahatan, Vater — der Schahatan!", brüllt Wigulin.

„Wer bist du? fragt dieser endlich, immer noch mit klappernden Zähnen.

Hätte Warwin in diesem Augenblick die Lage ausgenützt und sich für einen Dämon der Hölle ausgegeben, so hätten die erzbewehrten Helden wohl Fersengeld gegeben. Aber leider kam dem mutigen Juracher dieser Gedanke zu spät und so stand er ehrlich Antwort:

„Ich bin der letzte Freie der Helwehner vom großen Jurachersee und will den sonst so tapferen Tuganern ihre Mannesehre retten. Mit meinem Leben und mit der letzten Freiheit meines Stammes will ich dieser edlen Tochter der Thuracher ..."

Er kommt nicht weiter. Die Jäger stürzen sich auf ihn wie Hunde auf einen Knochen. Von einem ganzen Knäuel von Armen wird er erfasst, von Fäusten und Lanzenschäften niedergeprügelt, mit Füßen getreten, und durch den Lärm hört er das Wimmern des Mädchens:

„Lasst ihn los! Er soll nicht für mich leiden! Ich kenne ihn nicht ...!"

Jetzt haben sie ihn wiederaufgerichtet; blutüberströmt steht er da, auf wankenden Knien.

„Wigulin!", brüllt der Alte. „Wigulin! Mach den Pfeil heiß! Dieser Hund der Helwehner soll zum letzten Mal mit seiner Freiheit geprahlt haben!"

Diese Aufmunterung bringt den Knaben wieder auf die Beine. Mit vor Eifer zitternden Händen hält er den Pfeil wieder ins Feuer und kommt dann breitspurig daher:

„Festhalten!", befiehlt er feierlich, und jetzt — Warwin kann sich im letzten Augenblicke mit einem Ruck des Kopfes wegbeugen — ein stöhnender Schrei löst sich von seinen Lippen und das glühende Metall zischt an seiner blutigen Wange entlang.

„Fremdling! Was hast du getan!", tönt es wimmernd von der Tanne her. „Reize sie nicht! — Ich bitte dich!"
„Lasst sehen, wie er ausschaut!", ruft der Häuptling dazwischen.
Die Krieger lassen den Gefolterten fahren und treten mit brüllendem Gelächter von ihm zurück. Dort steht sein Peiniger, den Pfeil mit höhnischem Grinsen ihm entgegenstreckend!
„Noch einmal, Vater! Auf die Stirne! Ihr müsst fester halten!"
Hinter ihm weint das Mädchen, laut und herzzerbrechend. Da kommt über ihn die Wut des todwunden Ebers.
„Mach' den Pfeil zuerst wieder ...", will der Alte befehlen, aber der Junge kommt nicht mehr dazu. Mit einem knirschenden Stöhnen hat ihn der Juracher angesprungen. Ein Griff — ein Dolchzug ins Gesicht des Nächsten und Warwin ist mit dem Knaben in den aufspritzenden Fluten verschwunden ...
Das kühle Nass belebt ihn, aber dem Erschöpfungstod nahe, gelingt es ihm nur mit letzter Kraft, mit seiner hindernden Last an die Oberfläche zu kommen. Noch fühlt er den kurzen Bronzedolch in seiner Faust, aber schon stürzen die wilden Gestalten seiner Gegner in den See. Der nächste schwimmt bereits in Manneslänge vor ihm. — Ah! — Der Dolch! — Er hält ihn hoch empor:
„Halt! — Zurück! Bei der ersten Berührung stoße ich dem Knaben den Dolch in die Brust!"
Eine furchtbare Lage! Die Gegner umkreisen ihn ratlos, und er selbst wird bald am Ende seiner Kraft sein. Da ... was ist das?
„Warwin! Halte aus!", tönt eine jubelnde Mädchenstimme vom Gestade her, und jetzt tost es wie Wettersturm durch den nächtlichen Urwald:
„Hujeh — Thurahooh!"

Unendliche Wonne braust dem Todgeweihten durch die Adern:
Der Kriegsruf der Thuracher!
Wie wenn ein Hagelwetter auf die sturmgepeitschten Wogen des Jurasees niederfährt, so stürzen die Jäger vom Thursee mit aufjauchzender Wut in die aufklatschenden Wellen. Ein Urwaldkampf bei Nacht auf dem Wasser! Wildes Rachegebrüll — halb im Gurgeln erstickte Todesschreie — hoch wie jagende Raubfische bäumen sich die wassergewohnten Athleten auf, wildverschlungene Knäuel wühlen die gischenden Wogen zu Strudeln.
„Wigulin!", tönt ein markdurchdringender Schrei durch das fürchterliche Getöse.
Der Knabe zittert wie ein Huhn in des Adlers Fängen. Warwin kann mit ihm ungestört zum Ufer schwimmen. Dort kann sich der Erschöpfte mit größter Mühe noch halb aufs Land hinaufarbeiten, fällt zurück und bleibt fiebernd liegen. Alles kreist und wankt um ihn, wilde Dämonen stürmen auf ihn ein, er springt mit einem Feind ins Wasser, aber das Wasser ist heiß, siedend heiß, denn der Urwald steht rings in Flammen. Die Erde wankt und bebt, heiße Feuerwogen schlagen über ihm zusammen und er brennt mitten in der glühenden Lohe. Oh, wenn er nur verbrennen könnte, aber er kann nicht sterben, denn mitten im Flammenmeere taucht Huhur empor, glühend vor Rache wie glühendes Metall, und aus seinem Munde strömt glühender Atem: „Rache stirbt nicht — Rache hält dich am Leben. Rache ist stärker als Feuer. Rächer, Rächer! Die Stunde naht!" Von oben brennt die Sonne wie glühendes Gold, und ihre glühenden Strahlen verwandeln auch den wallenden See in flüssiges Gold. Der Körper des Fiebernden ist vom Golde

durchglüht, Tag und Nacht ohne Kühlung, ohne kühlenden Trunk, ohne Labung der durchglühten Seele.
Merkwürdig!
Nach und nach verglimmt die Flammenglut, erstarrt, versteinert, er mit ihr, und es wird ihm ganz wohl in der kalten Masse. Nur aus weiter Ferne hört er noch Huhurs hohlen Ruf: „Rache! So wirst du erstarren im Golde, wenn du es liebst! Rache ... Rache ... Rache!"
Der Erstarrte fühlt sich lebendig, bei vollem Bewusstsein und kann sich nicht rühren. Da hört er eine Stimme, die wie Labung niederträufelt:
„Warwin! Halte aus! Warwin! Dein Herz schlägt wieder — oh, er kann nicht erwachen! Er ist doch tot!"
Ein feuchtes Tuch streicht sachte über seine Wange, und da fühlt er wieder Wärme durch seine Glieder fließen. Dröhnende Schritte kommen heran, eine starke Hand fasst ihn an der Schulter und rüttelt ihn, da — wahrhaftig — da weicht die Starre; er kann die Augen aufzwingen, und er schaut in ein wildes, bärtiges Gesicht. Er ist in einer Pfahlhütte auf weichen Fellen, und in der Ecke kauert eine weibliche Gestalt, schluchzend, die Hände auf die Brust gepresst.
„Wer — Wo bin ich?"
„Bei den Thurachern!", knurrt der Mann vor ihm und schaut ihn dabei an wie eine Mutter.
„Ah, bei den ... jetzt, ja ... ihr habt mich nicht liegen lassen?"
„Dich? Da müsste man für den Namen Hund noch einen andern erdenken. Withura!"
Da kommen leise Schritte heran:
„Vater! Ich kann es nicht glauben! Unser Priester hat schon die Raunen des Todes über ihn gesprochen!"

„Und du wolltest die Leiche nicht begraben lasten! Withura, schau her, wie seine Brust geht!"
Withura kniet nieder:
„Warwin. kannst du reden.
„Ja, ich ... ich ..."
„Sprich nicht. Warwin! Was willst du jetzt? Kannst du essen?"
„Nein ... nicht ... Wasser!"
„Bube!", donnerte der Mann zur Tür hinaus. „Bring frisches Wasser her!"
Herein kommt ein Knabe, den der Genesende nicht kennt. Withura nimmt ihm einen Becher ab und gibt Warwin zu trinken, indem sie mit der Rechten sachte seinen Kopf hebt. — Oh, wie das erfrischt und den eingedorrten Schlund löst!
„Fort!", donnert es wieder und der Bube verschwindet.
„Warwin! Kannst du ein wenig Fleischbrühe vertragen?"
„Ich weiß nicht!"
„Versuchen wir es!"
Unhörbar geht das Mädchen hinaus und kommt mit einer dampfenden Schale zurück. Der Kranke kann davon trinken, aber noch hat er nicht die Kraft, die etwas fette Flüssigkeit bei sich zu behalten; denn er erbricht sie wieder. Aber das Brechen hat ihn heilsam erschüttert. Withura holt Wasser, kniet nieder und reinigt den Kranken wie eine Leibeigene.
„Withura! Was tust du! Dem Fremdling?"
„Dieser Fremdling trägt für mich das Mal der Schmach auf seiner Wange!", erwidert sie mit erstickender Stimme.
„Aber dieses Mal wird der schönste Schmuck seines Lebens bleiben!", knurrt es neben ihm. „Bube! Komm her!"
Der Knabe kommt wieder. Der Jäger nimmt ihn beim Arm:
„Ja!", wimmert eine zitternde Knabenstimme.
„Da! Schau ihn an! Kennst du den da noch?"

„Knie nieder und sage ihm, wer du bist!"
Der Kleine lässt sich am Lager nieder.
„Ich bin   …"
Er stockt. Warwin will ihm aus der Verlegenheit helfen:
„Ich kenne dich schon. Kleiner! Du bist Wigulin, nicht wahr?"
„Nein!"
„Nicht? Wer bist du denn?"
„Ich bin der Spitzbube vom Tuganersee!"
Warwin kann sich eines Lächelns nicht erwehren. Der Bube war wohl durch die harte Schule der Thuracher gegangen.
Am folgenden Morgen kann der Genesende etwas essen, aber immer noch bedarf er der Pflege wie ein Kind. Wie seine Wärterin ihm den Wasserbecher reicht, kann er sich mit ihrer Hilfe aufrichten, aber plötzlich fährt er wieder zurück; denn aus dem Wasserspiegel der Trinkschale schaut ihn ein struppiger Totenkopf an.
„Bin ich das? Oh, Withura! Ich war nicht immer so!"
„Das wird schon besser!", lächelt sie glücklich. „Ich werde den ‚Schleichenden Tod' vom Jurasee, von dem wir gehört haben, schon wieder auffüttern!"
„Ihr habt gehört   ?"
„Unsere Krieger singen am Wachtfeuer ein Lied von ihm! Und weißt du: Die Taranermädchen wünschten nicht, dass du gefangen würdest; denn du seiest gar nicht so hässlich gewesen! — Übrigens habe ich dich ja auch schon gesehen, Warwin!"
„Wie habe ich denn damals ausgesehen?"
„Wie ein junger Häuptling, den alle Frauen und Mädchen liebhaben!"
Der Helwehner wendet sein Gesicht in die Felle und weint wie ein Schwächling, krampfhaft und stöhnend, aber es sind lindernde, erlösende Tränen.

Withura ist zu Tode erschrocken:

„Warwin! Hab' ich dir weh getan? Schlage mich, Warwin — hier, da ist meine Wange!"

Da wendet er ihr sein feuchtes Totengesicht zu:

„Withura! Fürstin der Thuracher! Ich musste weinen, denn ich habe es so lange nicht mehr gekonnt! So viel Liebe bei fremden Menschen ist dem wilden Gesellen noch schmerzlicher als der Hast! Was habt ihr alles für den zugelaufenen Menschen getan, Withura!"

„Ich danke dem größten Gotte jeden Abend aus den Knien, dass der 'zugelaufene Mensch' nicht anderswo hingegangen ist. Du bist jetzt ein Thuracher, Warwin! Nicht wahr, Warwin?"

Dieser scheint die Frage nicht gehört zu haben und schaut sinnend zur Decke empor. Sein Herz pocht zum Zerspringen, und doch ... und doch ...

Da kommt der Knabe mit einem Fischgericht herein. Der Juracher betrachtet ihn jetzt zum ersten Male richtig und erschrickt: auf seiner Stirne steht eine noch unvernarbte Brandwunde und ... die Ohren sind ihm abgeschnitten.

„Wie ist's noch gegangen, damals, Withura?"

„Einige Tuganer konnten fliehen, fünf wurden gefangen und die andern sind tot. Als wir dich fanden, Warwin — ich darf es dir eigentlich nicht sagen — wie die Thuracher jubelten! Das hättest du sehen sollen. Die Männer schämen sich noch heute, dass sie bei deinem Anblick so dumme Gesichter machten. Wir blieben auf dem Kampfplatze bis zum Morgen; da machten wir für dich eine Tragbahre und zierten sie mit Eichenlaub und Seerosen. Ich wollte auch tragen helfen, aber der Vater hat mich fortgejagt!"

„Warum?"

„Er hat wohl gefürchtet, ich könnte dich fallen lassen, Warwin! Aber das hätte mir geschehen sollen! Du warst ja so leicht wie eine Vogelscheuche!"
„Dort am Pfosten sehe ich einen verdorrten Blumenstrauß. — Woher kommt der? Warum hängt er noch dort?"
„Der hat deine Bahre geziert!"
„Wer hat ihn gepflückt?"
„Wigulin — selbstverständlich, der Spitzbube vom Tuganersee! Wozu kann man denn so einen Schlingel sonst brauchen?"
Der Genesende atmet schwer; er sieht nicht das verschmitzte Lächeln um den schönen Mund seiner Wärterin. Plötzlich aber lacht er fröhlich auf.
„Was hast du?", fragt sie errötend.
„Ich wundere mich, wie die Tuganerknaben so herrliche Sträuße binden können!"
„Gefällt er dir? Er soll dir heute noch so einen binden! Rufe ihn herein!"
„Wigulin!"
Nichts regt sich.
„Du musst ihn beim richtigen Namen nennen!"
„Ah! Spitzbube!"
Schon ist er da. Withura schaut ihn gebietend an:
„Du machst heute dem Juracher einen solchen Strauß dort!"
„Ja, aber ... "
„Was ... aber?"
„Fürstin, du musst ihn binden und ... "
„Und was noch?"
„Ich kenne die Blumen nicht!"
„Tölpel! Ich werde sie dir zeigen!"
„Und ich werde sie dir wieder nachtragen, wenn du ... "
„Pack dich fort!"

Warwin und Withura sind allein, unter ihnen plätschern traulich die Wellen, als wollten sie etwas erzählen und könnten es nicht.

„Warwin, wirst du uns verlassen, wenn du wieder gesund bist?"

„Withura! Du weißt: Das Meinen essen das Brot der Knechtschaft! Mein Leben gehört nicht mir!"

„Ich weiß es!"

„Und ... würde man mich hier dulden?"

„Dulden? Die Priester würden ein Opfer darbringen, wenn du bliebest!"

„Wer wünscht denn, dass ich bliebe?"

„Alle!"

„Alle? Alle Männer des Dorfes?

„Ja! Sie warten mit Schmerzen darauf, mit dir auf die Jagd zu ziehen!"

„Ich werde gehen, sobald ich am Stocke hinken kann!"

„Warwin! Was habe ich dir ... was haben wir dir getan?"

Sie steht auf und verscheucht eine Fliege an der Wand, aber nur, um verstohlen ein Tränlein abzuwischen. Plötzlich wendet sie sich halb unwillig, mit einem Ruck herum:

„Juracher! Ich wollte, du wärest noch ein ganzes Jahr krank!"

„Withura! Das — das wünschest du mir? Das?"

„Ja! Das wünsche ich dir; denn ... " Da stockt sie jäh, und ihre Brust fliegt wie im Fieber.

„Denn?"

„Denn ..." Noch ein kurzes Ringen, und dann bricht sie mit einem leisen Wehlaut vor seinem Lager zusammen. „Denn lieber will ich dich krank bei mir haben als gar nicht!"

„Withura! Ich kann es nicht glauben, kann es nicht fassen ... Fürstin der Thuracher!"

„Fürst der Helwehner! Du bist der Retter meiner Ehre. Du trägst für mich das Zeichen der Schmach! Warwin!"
Sie hebt sein Haupt wie vorhin zum Trinken, aber da ... wahrhaftig! Warwin sieht die Hütte um sich kreisen und fühlt die Fieberglut durch seine Glieder fahren, aber wärmend, voller Wonne – denn zwei blutfrische Mädchenlippen pressen sein Brandmal.
„Withura! Mir träumt so wunderbar vom Leben! Aber gelt, Withura, ich liege noch im Fieberwahn? So schön kann ja das Leben gar nicht sein!"
„Fast wollte ich, du lägest noch im Fieber; denn da hast du doch ... Warwin, das muss ich dir doch auch noch sagen — da hast du nach mir gerufen!"
Da richtet sich der sterbensmatte Jäger halb auf und schaut mit seinen tiefliegenden, noch fieberdunklen Totenaugen, alles um sich vergessend, in die funkelnden Sterne des herrlichen, unbegreiflichen Geschöpfes da vor ihm und in ihren Tiefen schaut er wie auf morgenfrischer Welle sein eigenes Leichengesicht mit den unheimlichen Augen.
„Withura!", zittert seine Stimme wie leises Kinderwimmern. „Withura, jetzt möchte ich sterben so mit deinem Bilde in meiner Seele hinübergehen."
Eine weiche Hand, wie eine Kinderhand, legt sich warm auf seine Knochenfinger! Des Mädchens Mund scheint etwas sagen zu wollen, ein ganz kleines Wörtchen, das schon auf der geformten Lippe sitzt so ganz leise, dass es niemand hört, ein Wörtchen, das zum Herzen will, aber ohne Umweg über das Ohr — da fahren beide jäh auseinander; Warwin hat einen leisen Schrei ausgestoßen.
An der halbgeöffneten Türe war nämlich ein altes Gesicht erschienen, ein Gesicht von wildverstörter Furchtbarkeit mit lei-

chenhaften Knochenzügen. Der Juracher glaubt nichts anderes, als in die rachetollen Augen Huhurs geschaut zu haben.
„Withura! Wer war das?"
„Vor zwei Monden kam er zu uns, ohne ein Wort zu sagen; denn er spricht nur mit den Göttern (redet irre). Er nimmt nichts zu sich als warmes Blut. Wir nennen ihn deshalb den Blutigen, weil er seine Lippen nicht abwischt."
„Warum habt ihr ihn nicht fortgewiesen?"
„Das hätte uns Unglück gebracht, und die Thuracher weisen nur den Feind von ihren Türen!"
„Was tut er den Tag über?"
„Er starrt vor sich hin und spricht mit den Göttern, meistens mit Schahatan. Nur beim Bronzegiessen sitzt er dabei und spricht Raunen über das „Metall des Todes". Was er meint, wissen wir nicht!"
„Er meint das Gold!"
Auf die Wangen des Genesenden ist eine leise Fieberröte getreten. Mit irrenden Augen blickt er scheu umher, als fürchte er irgendwo etwas zu sehen.
„Was ist dir, Warwin? Hat der Blutige den schleichenden Tod vom Jurasee mit Geisterfurcht erfüllt?"
„Withura! Die Liebe muss sterben. Nur die Rache darf leben, nur die — oh!"
Wie erschöpft hat sich der Kranke zurückgelegt und starrt ins Leere.
„Torheit! Ich will den Irren einsperren lassen, wenn er nochmals seinen Büffelbart hereinstreckt! Der soll nur kommen! Soll ich ihn gleich anbinden lassen?"
„Um keinen Preis! Er würde uns Tag und Nacht verfluchen!"
„So werde ich ihm einen jungen Hund ans Bein binden, mit einer Klapper am Hals, damit man ihn hört, wo er herumgeht.

Oder — halt! Ich gebe ihm eine schwatzhafte Vettel zur beständigen Wärterin; die versagt noch weniger als der Köter!"
„Nichts! Nein, lasst ihn laufen, Withura, ich bitte dich!"
„Kennst du ihn?"
„Ja — nein! Ich weiß es selber nicht, aber eins ist mir nun klar, Withura!"
„Was?"
„Dass ich fort muss!"
„Warum?"
„Nur für die Rache darf ich leben!"
„Ist die Liebe nicht heiliger als die Rache? Einer unserer Ahnen, Thuro mit Namen, hat uns gelehrt, dass ein höchster Gott über alle Götter herrsche. Dieser Gott ist der Allerschaffer, der Gott der Liebe! Schahatan aber ist der Gott der Rache und des Hasses ... aber der Gott der Liebe ist mächtiger. Der eine ist der Schaffer, der andere der Zerstörer! Willst du dem Zerstörer opfern? Der Hass frisst um sich und steckt an wie der schwarze Tod. Kinder erben diese Krankheit und ganze Stämme sterben daran!"
„Aber ihr rächt euch ja ebenfalls! Habt ihr nicht die Tuganer zu euren Leibeigenen gemacht? Den kleinen Wigulin sogar verstümmelt?"
„Das ist nicht Rache, sondern gerechte Strafe! Im Herbste schicken wir die Tuganer wieder in ihre Jagdgefilde!"
„Ist's möglich?"
„Warwin! Die Lehre Thuros, des großen Jägers, hat uns stark und mächtig gemacht! Wir herrschen über jene, welche dem Hasse dienen, denn diese verzehren sich selbst!"
Warwin starrt sinnend nach der Decke; diese Lehre klingt ihm neu, fast unbegreiflich, und doch ... und doch!

Nach wenigen Wochen hat die Natur des Juracherjägers über die Schwäche gesiegt, und zum ersten Mal tritt er eines Abends hinaus an das Geländer: ein unvergesslicher Anblick blendet seine Augen, die des Lichtes noch ungewohnt sind. Endlos wie ein Riesenstrom zieht sich der wonnestrahlende Thurachersee zwischen sanften Urwaldhöhen nach Osten, wo die Strahlen der sinkenden Abendsonne in den ewigen Eisfeldern der cheluetischen Alpen zum letztenmal aufglühen. Den dunklen Waldgestaden entsteigt aus traulichen Hüttendörfern der Rauch des Abendfriedens und hoch in den Wolken kreist ein Adlerpaar mit unmerklichem Flügelschlage den Hochzeitsreigen, glücklich im Genügen des Lebens wie das wirrende Mückengespinnst dort über der dunkelglatten Flut, wo die Fischlein springen.

Der Pfahlbau bildet eine Insel am Ausflusse der Limmer und steht durch eine Brücke mit einem andern, der am Gestade sich hinzieht, in Verbindung. Dieser flussumspülte Inselpfahlbau ist jedem feindlichen Angriff gewachsen und schlechterdings uneinnehmbar. —

Die milde Seeluft wirkt auf den Genesenden wie ein Labetrunk für Leib und Gemüt. Nicht ohne Selbstgefälligkeit betrachtet er sein Bild im stillfließenden Wasser; ein leiser Flaum hat sich wie feiner Schimmelpilz um Kinn und Lippen gelegt, und unter den kecken Haarwellen hervor blicken ihm zwei Helle Habichtaugen wie eine kühne Herausforderung an sich selbst entgegen.

Da legt sich leise wie kosend eine weiche Hand auf seinen Arm:
„Ist es hier nicht schön, Warwin?"
„So schön, Withura! Hier weht Heimatluft. Hier möchte ich sein, bis dein liebes Bild in meinem Auge bricht!"
„Wer hindert dich?"

„Mein Schwur und meine Ehre! Withura! Jene, die ich liebe, vergessen Speise und Trank, Schlaf und Ruhe, in Sehnsucht nach Freiheit, in Erwartung meiner Tat!"
„Ich weiß!", flüstert sie mit gesenktem Köpfchen. Plötzlich schaut sie auf, schwer atmend, mit zitternder Stimme:
„Und wenn diese Tat getan ist, wirst du dann den Thursee vergessen haben, Warwin? Wirst du vergessen, dass hier ein armes Mädchen sich ins Grab weint?"
„Wenn mein Plan gelingt, so werde ich Withura fragen, ob Warwin ihrer würdig ist!"
„Warwin! Wenn hier ein Mädchen einen jungen Mann geküsst hat, so ist sie ihm fürs Leben verpflichtet. Schau, es ist bereits dunkel geworden. Wollen wir uns küssen, Warwin? Ganz leise, dass es niemand hört?"
„Withura! Schau, in den Bergen verblasst das letzte Abendrot, aber in meiner Seele steigt jubelnder Morgen auf und meine Lippen zittern wie die Wasserrose der Sonne entgegen. Withura, du Morgenrot meines Lebens — horch! Wer ist da?"
„Die Liebe muss sterben, wenn die Freiheit begraben ist. Nur die Rache muss leben und wenn sie schläft, erwacht der Fluch!"
Warwin zuckt zusammen, denn der „Blutige" geht vorüber. Withura jedoch blickt böse und geht auf ihn zu:
„Was willst du hier?"
Da richtet sich das fellbedeckte Gerippe hoch aus und seine dunklen Augen flackern in ihren Tiefen wie Geisterholz im nächtlichen Urwalde:
„Weib! Du trägst das Metall des Todes an deinen Ohren ..."
„Was gehen dich meine Goldspangen an!"

„Begrabet die Schwerter; denn das Gold frisst die Menschen. Von seinem Glanze wird das Auge geblendet, das Ohr betört, das Fühlen erstickt und die Zunge gespalten."
„Die meinige ist noch ganz, Vater!"
„Das Gold wird die Liebe töten und die Treue vergiften. Liebet das Gold und ihr werdet Scharen von Wölfen gebären! Wenn die Rache auf der Fährte des Blutes wandelt, wird das Gold ihr Schwert sein. Menschenglück und Gold haben sich ewige Feindschaft geschworen, Schahatan kann schlafen: denn das Gold ist sein Wachthund, der die Herzen der Menschen anfrisst."
„Fluch der Liebe, solange die Rache schläft — lasst uns Bronze giessen!"
Raunend geht der Irre davon!
„Aber nicht zu laut!", ruft die zungenfertige Wassernixe. „Warwin, hast du …?"
Warwin ist ebenfalls verschwunden! Auf seinem Lager liegt er und starrt in die Nacht. Nacht ist's wieder in seiner Seele, wo erst noch Morgen war. Ein schöner Traum war sein werdendes Liebesglück — kalte Wirklichkeit sein Erwachen; denn in der Ferne seufzen sie, rufen mit weher Stimme nach ihm. Liebe muss sterben, wo die Rache lebt. „Wird es mir gelingen? Wie werde ich sie befreien? Wie? So allein! Die Thuracher darf ich nicht in einen Vernichtungskrieg hineinreißen. Ich bin wieder allein!" Mit diesem Gedanken schläft Warwin ein und im Traume ist es ihm, als ob die Türe seines Gemaches gehe; er will erwachen, aber die Glieder versagen ihm den Dienst — kalter Schweiß tritt auf seine Stirne; mit Gewalt will er sich wach recken, aber starr bleibt er liegen; er fühlt nur, dass Huhur an sein Lager tritt und sich über ihn beugt, lange, lange. Atem und Herzschlag stocken; ein Berg liegt auf seiner Brust: wie die

Krallen einer Leichenhand fühlt er etwas um seinen Hals sich legen — da neigt sich das Gesicht ganz nieder an sein Ohr und sagt ihm etwas so Furchtbares, dass er mit einem Schrei die Fesseln des Albdruckes sprengt und erwacht. Von der Türe her wehrt ein leiser Luftzug, sonst ist alles still — alles! Nur die Wellen unter ihm rauschen das nächtliche Lied der Wassergeister.

Die Rache des Verschmähten

Über das Taranerdorf schweben düstere Regenwolken wie grauverhüllte Trauergestalten; und sie weinen kalte, erbarmungslose Tränen auf die dämmerigen Hütten nieder.
Die wonnestrahlende Königin der himmlischen Lichtscharen hat ihr Antlitz mit dem nebelgrauen Leichentuch der Erde verhüllt, und leise, gleich dem Ticken des Totenwurms, ticken ihre Tauperlen aus dem Rost der Seehütten wie stummes Weinen.
Vor seiner Hütte kauert Panides und schaut sinnend in die aufsteigenden Nebeldämpfe des Urwaldes, die gleich empörten Rachegeistern auffahren und bei jedem Windstoße ihre Gestalt wechseln.
„Was träumst du, Panides? Sprichst du mit den Göttern?"
Taran steht hinter ihm.
„Sieh dort, Taran, gleicht jener Nebel am Berge nicht einem fliehenden Weibe?"
Wenn es dich sieht, wird es gewiß nicht fliehen!"
„Du hast recht! Schau die Lichtgestalt wird zu einem Hund!"
„Panides, schäme dich! Zu einem Hund! Wenn die Weiber dich hören, so ... "
„So müssen sie sich die Ohren zuhalten, um nicht die Wahrheit zu hören!"
„Was ist mit dir, Panides? Du hast doch etwas!"
„Ja, Taran, ich habe etwas, und du auch!"
„Ich auch? Was habe ich denn?"
„Nun ... einen Hund!"
„Einen ...? Was für einen Hund?"

„Einen, der die Knochen liebt, auch wenn sie aus fremden Hütten kommen. Ein treuer Hund soll ja nur von seinem Herrn Futter und Liebkosungen annehmen — die andern soll er beißen, wenn sie ihn bestechen wollen!"

„Hat dir einer von meinen Hunden etwas gestohlen?"

„O nein! Sieh dort, der Nebelhund ist zu einem langen Fisch geworden; er streckt sich immer noch — bald werden wir eine Schlange sehen!"

„Du hast die Augen eines Geistersuchers: Weib — Hund — Fisch — Schlange! Wo ist da nur ein Sinn? Du sprichst doch mit den Göttern!"

„Ja! Und die Götter sagen mir folgendes: das Weib ist treulos wie ein Hund, glatt wie ein Fisch und heimtückisch wie die Schlange!"

„Hast du das erfahren?"

„Ja, Taran, ich habe es erfahren! Du noch nicht?"

„Nein!"

„Schau, so sind die Weiber! Man merkt es aber nicht!"

„Panides, du weißt etwas!"

„Ja, ich weiß etwas!"

„Was?"

„Lass mich schweigen!"

„Ist dir ein Mädchen untreu geworden?"

„Im Gegenteil, Taran! Es wollte mir treu werden, dieses ‚Mädchen'!"

„Und du hast nicht gewollt? Das wäre neu an dir! Ist sie hässlich?"

„Im Gegenteil! Sie ist die Schönste von allen!"

„Und du, Panides ... du ... du, höre: Jetzt hast du gelogen, Panides!"

„Denk', ich hätte gelogen! Es ist besser so — für uns beide!"

„Für uns beide? Panides, mir scheint, die Sache geht auch mich an!"

„Ja, sie geht auch dich an, Taran!"

„Nun aber redest du irr! Seit ich der Gatte meines Weibes bin, sind für mich die Mädchen unbedeutend geworden!"

„Diese nicht!"

„Schahatan! Wieso?"

„Taran! Wenn du neugierig bist, so folge mir; hier lauschen die Mäuse durch alle Spalten."

Der Grieche geht voran, über die Brücke und nach dem triefenden Waldrande. Auf einem allen Wurzelhügel (von Wurzeln aufgetriebenes Erdreich) lässt er sich nieder. Taran bleibt stehen.

„Nun endlich! Wie heißt sie?"

„Warte noch, Taran; ich will zuerst wissen, ob du mir glauben wirst und ob du dich beherrschen kannst!"

„Schwöre mir, dass du nicht lügen willst!"

„Ich schwöre bei allen Geistern über und unter der Erde! Nun aber schwöre mir erstens, dass du dich beherrschen und zweitens, dass du schweigen willst!"

„Bei meinen Ahnen, bei der Treue meiner ..."

„Halt, Taran! Das ‚Mädchen', von dem ich rede, heißt ... Giurda!"

Taran glotzt auf den Griechen:

„Panides! Du sprichst doch mit den Göttern! So heißt ja gar keine! Im ganzen Dorfe keine!"

„Nicht? Besinne dich! Aber suche die Fische nicht im Urwalde! Heißt die Genossin deiner Liebe vielleicht Huhur?"

Lange, unverständlich blickt der Fürst auf seinen Freund, und nur langsam und allmählich scheint ein schwerfälliges Begreifen aufzudämmern.

Seine Schultern scheinen zu wachsen, und wild erhebt er sein Haupt wie der Bison, wenn er gegen den nahen Waldrand aufbrüllt:
„Grieche!"
„Taran, sei ruhig! Und ... schweigen wir!"
„Grieche!", donnert es zum zweiten Male.
Da erhebt sich der Händler des Südens und spricht:
„Taran! Glaubst du, ich hätte mein Leben gewagt, um dich für einen Augenblick verrückt zu sehen? Aus diesem Wagnis kannst du ermessen, ob du an mir einen treuen Freund hast! Ich hätte schweigen und dich im süßen Schlummer belasten können, aber ich konnte und kann es nicht über das Herz bringen, meinen Wohltäter und einzigen Freund mit einem Geheimnis zu hintergehen, das seine Ehre angeht!"
„Schahatan! Eher wird das Gold grün anlaufen, als dass die Treue Giurdas einen Flecken annimmt!"
„Ich habe gewusst, dass du mir nicht glauben würdest, und damit gerechnet. Doch beherrsche dich, Taran! Bis zur Untreue ist es nicht gekommen! Giurdas Ehre ist rein; denn eher hätte ich mir den Dolch durchs Auge ins Gehirn gestoßen, als deine Ehre geschändet, Taran, obschon ich einen furchtbaren Kampf kämpfte — die stillen Wände meiner Hütte nur haben das Knirschen meiner Zähne vernommen, womit ich die Wallung meines heißen Blutes bezähmte. Die Ohren habe ich mir mit den Fäusten verschlossen, um nicht ihr süßes Schmeicheln noch im Schlafe zu hören, den warmen Hauch ihres Atems noch im Traume zu fühlen; denn sie ist schön, Taran, so schön, wie ich noch keine sah. Und ich will dir bekennen, Fürst: Einem andern als meinem Freunde hätte ich das Opfer wohl kaum zu bringen vermocht ... Taran! Wenn sie unschuldig wäre, was nützte es mir, dich dem Wahnsinne der Eifersucht entgegen-

zutreiben. Ich wage mein Leben dabei. Und wenn ich schuldig wäre, Taran, würde ich dann so toll sein, dir davon zu sagen? Ich würde doch schweigen — schweigen im Bewusstsein meiner Schuld und ... Wonne!"
Wie ein von einer Keule getroffener Bison knickt der starke Mann zusammen, wankt einige Schritte wie tastend zur Seite und stützt sich mit der Rechten an einen Urwaldstamm:
„Giurda! Als ich das Gold verlor, da hatte ich noch etwas — und ich wußte es nicht — jetzt weiß ich es; denn jetzt habe ich nichts mehr! Der Tag ist Nacht geworden, das Leben ist tot! Die Schönheit ist von Würmern zernagt und die Tugend trägt sich dem Laster an. O Weib! Der Mensch kennt erst den Wert des Augenlichtes, wenn der Stern erloschen ist, wenn er im Finstern suchen muss, was ihm vorher alltäglich war! Mein Wachen wird ein bohrendes Träumen sein und im Traume werde ich wachen. — Auf der Fährte des Wildes wird mein Fuß stille stehen und mein Arm erlahmend den Jagdspeer senken. Ich werde fischen gehen und ohne Beute nach Hause kommen!"
„Rede nicht so, Taran; dein Herz wird überwinden ..."
„Panides! Wenn deine Gebeine im Urwalde bleichen, fern von deiner Heimat — wenn junge Füchse darum streiten, so haben die Götter dich geliebt! Geh' nicht heim, Panides; denn dort könnte dir ein Weib Treue schwören! Kein Weib wird mehr Treue halten; denn Giurda hat sie gebrochen, und es gibt keine Giurda mehr. Panides, bist du noch da?"
„Ja, mein Fürst, doch sei nicht so ... "
„Panides! Du wirst mir beweisen, was du gesagt hast!"
„Das wird schwer sein, Fürst Taran; Denn wenn du auch gegen dein Wort Giurda zur Rede stellst, so wird sie leugnen ... vielleicht mich selbst beschuldigen, und ..."

„Panides!"

»Ja?"

„Du wirst es mir beweisen, oder ich hänge dich an der Zunge auf!"

„Gewiß, Fürst! Ich werde ..., und wenn ... "

„Panides! Gib mir den Beweis, und ich werde Giurda mit einem Hund lebendig begraben lassen!"

Taran geht, stolz aufgerichtet und festen Schrittes, aber man sieht: Er muss sich Gewalt antun.

Der Grieche folgt ihm zögernd; denn die Luft scheint nach Gewitter zu riechen. Sie sind noch nicht an die Brücke gekommen, da wendet sich der Fürst noch einmal um:

„Panides! Ein Mondjahr gebe ich dir Zeit!" (Einen Monat.)

„Ja, Fürst, aber ... höre mich in dieser Sache noch auf ein letztes Wort: Wenn ich dir den Beweis erbringen soll, so werde ich mich ... ihr nähern müssen! Wirst du mir zürnen?"

„Pah! So wenig, wie wenn du meinem Hund pfeifst!", lacht der Häuptling wild auf, aber in seinem Lachen liegt etwas, was wie ferner Donner grollt.

Die nächsten Tage benimmt sich der Fürst so merkwürdig, dass viele Jäger die Köpfe schütteln und ihn beobachten: Er geht an das Rostgeländer und schaut dort stundenlang den kleinen Fischen zu wie ein Kind. Aus seiner Hütte dringt oft sein wildes Poltern, vermischt mit Schlägen und Kinderschreien. Giurda sieht man selten ohne Tränen. Sie geht herum wie eine Fremde, mit stillen, sanften Augen, gebeugten Hauptes, als ob sie sich vor den anderen schämte. Der Fürst aber scheint wie von einem unheimlichen Dämon besessen, sogar die Hunde ziehen bei seinem Anblick die Rute ein und fliehen. Panides aber sitzt in der Hütte und brütet über dem Verderben Giurdas, die ihn verschmäht!

Endlich scheint ihm ein Gedanke gekommen zu sein; denn er lacht still für sich; seine schwarzen Augen flackern.

„Das ist das Beste, was ich tun kann, und der Büffel wird brüllen wie im Winter, wenn er umsonst den gefrorenen Boden aufscharren will. Wann hätte je Griechenwitz versagt, und ich heiße Panides!"

Im Banne des Goldes

Der folgende Morgen ist wieder hell, aber man zieht nicht zur Jagd; denn der Fürst sitzt in seiner Hütte und spricht mit den Göttern. Am Abend erschallt ein Ruf vom Gestade: „Hujoh!" Alles kommt auf die Beine, die Jugend voran. Taran hat den Ruf nicht gehört; man muss ihn aufmerksam machen wie einen Übelhörigen. Schwerfällig erhebt er sich und tritt ans Geländer:
„Wer ist dort?"
„Thuracher!"
„Willkommen!"
Ein stämmiger Jäger tritt über die Brücke. Sein kühnes Auge blickt ruhig über die Schar hin, ohne den einzelnen zu mustern. Der moosige Flaum um Lippen und Kinn verleiht dem sonnverbrannten Gesichte trotz der jugendlich-weichen Linien etwas wie männliche Sicherheit. Seine Waffen sind von feinster Arbeit, und seine Wildkette um den Hals erzählt von Kämpfen, die selbst den alten Prahlern imponieren müssen. Eine tiefe Brandnarbe in der rechten Wange gibt seinem schönen Gesichte etwas Hartes.
„Thurachergruß", sagt er kurz, doch ohne die gestreckte Hand des Fürsten zu sehen. Statt ihm die seinige zu reichen, hebt er sein Bronzeschwert vom Boden auf, das ihm wie zufällig entfallen war.
„Thuracher sind hier zu Hause!", begrüßt ihn der Fürst nach alter Sitte. „Meine Hütte gehört mir erst wieder, wenn mein Bruder sie verlassen hat!"

Ohne Umschweife lässt man sich vor der Fürsten-Wohnung auf Schemeln und Mahlsteinen nieder: Taran mit seinen Beratern, Panides und der Fremde. Auf einen nicht misszuverstehenden Blick zieht sich der Schwarm der Gaffer zurück, und bald steigt aus allen Firsten Rauch auf, als ob das Dorf in Brand geraten wäre. Panides schaut den Gast mit eigentümlich lauernden Augen an, scheint aber nicht klug zu werden; denn der Blick des Thurachers mustert ihn so fremd und kalt, dass sein Verdacht auch den letzten Halt verliert.

"Will der Thuracher einige Zeit bei uns bleiben?", fragt Taran, um etwas zu sagen; denn der Ankömmling sitzt gleichgültig und stumm, als ob er allein wäre.

"Nein! Ich werde heute wieder gehen!", sagt er mit einem Blick nach den Jurazügen hin.

"Heute?", fährt der Häuptling auf. "Will der Thuracher uns beleidigen?"

"Nein, Fürst! Wenn ich dich beleidigen wollte, so wäre ich anders zu dir gekommen! Ich möchte mit dir einen Handel schließen. Die Meinen warten auf mich in einer Juraschlucht!"

"Und sie kommen nicht hierher? Womit hat Taran die Thuracher beleidigt?"

"Sie kommen nicht her, weil sie zum Sonnenfeste heimkehren müssen, und Fürst Taran weiß, dass die Jäger des Ostens sich mit ihren eigenen Gebräuchen auf diesen Tag vorbereiten!"

Das war klug, wenn auch ausweichend gesprochen.

Die Alten schauen sinnend vor sich hin. Gebräuche sind heilig, und niemand fragt weiter.

Da kommen die Leibeigenen daher gezogen, einer hinter dem andern — wortlos und gebeugt. Der Fremde mustert sie scharf, bis sie vorüber sind.

"Taran hat gute Arbeiter!", sagt er alsdann leichthin.

„Es sind die leibeigenen Helwehner!", erwidert der Taraner mit unverkennbarem Stolze.
„Wir haben zu wenig Leute auf unseren Äckern", fährt der Thuracher fort, „ich kaufe Taran die Helwehner ab!"
„Sie sind nicht feil. Eher gäbe ich meine Halsketten her; denn jene dort sind meine schönsten Jagdtrophäen; ich muss sie alle Tage sehen! Wäre nur das der Handel, den mein Bruder mir anbieten will?"
„Ja!"
„Dann sind wir fertig! Der Thuracher ist mein Gast und soll das Beste genießen — aber hier endet das Geschäft!"
„Ich gebe ... Gold dafür!"
„Gold ... Gold?"
Es ist still geworden!
Tarans Augen weiten sich wie beim witternden Wolfe, und Panides leckt sich die Lippen — Gold!
Doch der Fürst will sich beherrschen und wie mit sichtlicher Gleichgültigkeit erwidert er leichthin:
„Gold? Pah! Was soll ich damit! Es bringt kein Glück!"
„Nein!", sagt der Fremde kurz.
„Und ... und, hm, ja: wegen ein paar Ringlein ..."
„Ich wäge dir dein Bronzeschwert damit auf!"
„Schahatan!", entfährt es dem Fürsten, und Panides ist vor Erregung aufgestanden.
„Habt ihr denn so viel?", fragt er mit zitternder Neugier.
„Ich ... wir wissen, wo es liegt!" sagt der Fremde gähnend.
„Wir können wiederholen, wenn wir davon brauchen!"
„Wieder holen ... holen ... holen!", phantasiert der Grieche vor sich her. „Fürst! Fürst Taran! Verlange noch mehr!"
„Gut!" sagt der Thuracher. „Taran soll noch einen Bronzedolch dazulegen!"

„Sage zwei!", schreit Panides, sich selbst vergessend, mit vorgestrecktem Halse. Der Thuracher blickt ihn mit eigentümlicher Kälte an:
„Fürst Taran, ist das ein Sohn deiner Lenden?"
„Nein, er ist mein Freund und Gast!"
„Gilt sein Wort für dich?"
„In diesem Falle, ja!"
„Gut! Dann ist meine Sendung hier zu Ende. Die Götter wollen euch behüten!"
Er steht auf und geht. Das bringt den Fürsten außer Fassung. Wie ein Hecht schnellt er empor:
„Halt, Thuracher! Noch ein Wort!"
„Von dir? Gut! Ich höre!"
„Dem Gaste soll man keinen Wunsch abschlagen; ich nehme deinen Vorschlag an, Thuracher!"
„Gut!"
„Wann — wann bringst du das Gold?"
„Noch heute Nacht, wenn der Himmelswagen auf Mitternacht zeigt!"
Der Fremde verschwindet im Walde.
„Wir werden dich erwarten."
„Wenn man ihm jetzt nachginge?", keucht Taran mit gierenden Augen.
„Dem ... Gast?" knurrt einer der Männer.
„Der ist gesichert!" warnt Panides. „Ich bin überzeugt, dass die Thuracher irgendwo bereitstehen!"
„So warten wir!", entscheidet der Häuptling aufgeregt, wie von Dämonen geplagt.
Aber niemand geht schlafen; denn die Wände und Ritzen und Ecken haben Ohren gehabt. Der Fürst geht unruhig hin und

her, setzt sich scheinbar ruhig hin, um sofort wieder aufzustehen. Das Goldfieber hat ihn gepackt — Metall des Todes!
Über das Taranerdorf senkt sich eine Nacht wie Todesschatten. Vor der Fürstenhütte brennt ein lohendes Feuer, welches bis an den Rand des Urwaldes leuchtet und mit wildem Flackern die Schatten der Büsche und Sträucher zum Geistertanze entfesselt.
Taran starrt sinnend in die Glut und sein Gesicht flackert, als wühlte das Feuer in seiner Seele.
Endlich — endlich zeigen die Sterne auf Mitternacht!
„Mitternacht!", spricht der harrende Fürst mit einem Blick nach dem Walde hinüber.
„Mitternacht!", hat jemand gerufen von irgendwoher.
Taran wird ungeduldiger!
„Er kommt nicht! Er hat mit uns gespielt, der hochmütige Thuracher. Mir ist, als hätte ich dieses Gesicht schon irgendwo gesehen! Wenn er uns zum Narren hält, dann ... "
„Hujoh!", tönt es da herüber.
„Wer ist dort?"
„Thuracher!"
„Willkommen!"
Die Brücke fällt und drei Männer schreiten herüber; der Thuracher Häuptling, der gestern gekommen war, führt sie an.
„Habt ihr das Gold?", ist des Fürsten erste Frage.
„Hole die Waage!"
Taran holt rasch und eigenhändig einen primitiven Gewichtsmesser, einen gebogenen Stock mit zwei Schalen, welche sich das Gleichgewicht halten! Das schwerste Bronzeschwert und den massivsten Dolch hat er längst bereitgelegt.
„Laste die Leibeigenen hinzutreten!" fordert der Thuracher.
Taran gibt dem Nächsten einen Wink, und dieser entfernt sich.

„Ich habe hier zwei Zeugen gebracht", erklärt der Unterhändler. „Gelten wir als unantastbar?"
„Ja, bei der Ehre meiner Ahnen! Da kommen die Leibeigenen!"
Ja, da kamen sie, Männer, Weiber und sieben Kinder. Die Bewohner des Taranerdorfes aber sind bereits da, wenn auch in achtungsvoller Entfernung.
„Fehlt niemand?", ruft der Käufer mit weithin schallender Stimme.
„Niemand!", ruft Helweh, scheinbar erstaunt, und seine Augen leuchten vor Erwartung.
Da greift der Thuracher unter das Wams, bringt ein schweres Fellpaket zum Vorschein und entfaltet es auf dem Boden.
„Ah!"
Die Zuschauer halten den Atem an; denn dort gleißt und glitzert es wie Sternenschein — leise klirren die Ringlein und Gehänge. So viel Gold hat Taran noch nie gesehen: Das ist viel, viel mehr, als der ausbedungene Preis! Panides schleicht herum wie ein Wolf um die Schafherde. Mehrmals blickt er nach dem Waldrande. —Ob diese drei Fremdlinge da allein sind? Der Thuracher aber scheint ein sehr guter Menschenkenner zu sein; denn er wendet sich an den Griechen:
„Sie sind noch dort!"
„Wer ... wer?"
„Die ... dreihundert!"
Diese Versicherung scheint den Griechen bedeutend ruhiger zu stimmen; denn er setzt sich vor dem Fell nieder. Und doch waren diese drei allein! Der junge Thuracher hatte genau überlegt, was er wagen konnte!
Taran legt Schwert und Dolch auf die eine Schale; der Käufer nimmt eine Handvoll klirrenden Goldes und lässt die Stücklein sachte auf die andere Schale fallen, bis sie sinkt.

„Stimmt es?"
„Warte — ja!"
Der Thuracher wickelt den übrigen Goldhaufen wieder in sein Fell.
„Gib diesem da deine Hand darauf!", spricht er dann zu Taran.
„Warum nicht dir?"
„Weil der mein Unparteiischer ist!"
„Nun — hier!"
„Der Kauf ist geschlossen. Leibeigene zu mir!", ruft der Thuracherfürst mit feierlicher Stimme.
Taran lässt das Gold in seiner Felltasche verschwinden und presst fast besinnungslos die Hände darauf.
In gedrängtem Trupp drängen die Befreiten heran und eine schwere Hand fasst heimlich die des Käufers. In den Augen der harten Männer glitzert es wie Morgentau und die Frauen schluchzen.
Plötzlich kommt auch Giurda heran mit einem Arm voll weißer Linnen. Jeder Frau und jedem Kinde will sie noch ein Abschiedsgeschenk überreichen. Da fährt aber Taran auf sie los wie ein gereizter Bison:
„Was willst du dort? Fort mit dir, du Weib ... der Untreue!"
„Taran!", sagt Giurda nur mit schamglühenden Wangen und geht gesenkten Hauptes in ihre Hütte zurück.
„Wollen die drei Thuracher noch einen Bissen auf den Weg?", fragt der Fürst zum Schluss.
„Nein, wir danken, und für das Genossene nimm dies goldene Gehänge hier."
Und Taran, der Fürst der freien Jäger, greift zitternd nach der ... Bezahlung!
„Thuracher! Willst du noch andere Leibeigene kaufen?", erkundigt er sich hastig.

„Nein, Taran! Ich gehe! Die Götter schützen dich!"
„Gut! Sobald die Leibeigenen die Brücke verlassen haben, gehören sie nach Brauch und altem Rechte dir!"
„So kommt!"
Der Unterhändler geht den Leibeigenen voran.
Taran aber steht auf der Innenseite vor der Brücke und schimpft hasserglühend auf die abziehenden Helwehner. Stumm wie geschlagene Stiere gehen die Geschorenen an ihm vorbei. Drüben aber steht leichenblass der junge Thuracher und reicht jedem die Hand. Wie der Letzte von ihnen Land betreten hat, kommt der Käufer noch einmal über die Brücke; furchteinflößend blickt er dem von der Leidenschaft verrohten Fürsten in die Augen:
„Taran! Wem gehören die zwei hübschen Knaben dort?"
„Das sind meine Kinder ... so sagt wenigstens Giurda, mein Weib! Warum fragst du?"
Aus der Fürstenhütte hört man einen stöhnenden Wehlaut.
„Nun, Taran! Ich will dir sagen, warum ich fragte: Für diese zwei Knaben gebe ich dir das ganze Gold, das ich noch bei mir trage!"
Taran taumelt zurück, wie von einer Faust ins Antlitz getroffen. Als schaute er etwas Furchtbares, starrt er auf den Thuracher — wie der Zaunkönig auf die Ringelnatter, deren Bannblick er mit hilflosem Winden und Ringen vergeblich zu entrinnen versucht. In höchstem Zorne greift er nach dem Bronzeschwert:
„Thuracher! Dich schützt das Gastrecht! Thuracher, du ... du bist wahnsinnig!"
„Also nicht! Nun, die Knaben hätten mir gefallen und du bist ... der Stammeshäuptling! Ich komme morgen noch einmal! Schlafe darüber! Die Götter mögen euch schützen!"

„Nein, Thuracher! Hebe dich hinweg und meide die Hütten Tarans. Sonst wird der Weg zwischen Thurachersee und Jurasee von Blut besprengt, und der alte Friede zwischen unseren Stämmen wird ewig ausgelöscht sein!"
Da geht der fremde Mann schweigend über die Brücke, ohne sich noch einmal umzusehen, stolz wie ein Sieger.
Wie in furchtbarer Angst starrt ihm Taran nach, die Hand krampfhaft auf die Brust — nein, auf die Felltasche gedrückt:
„Eher stoß ich mir — nein, ihm den Dolch in die Brust! Buben, kommt her! Habt ihr gehört, was der Fremdling wollte?"
Fast weinerliche Zartheit klingt aus seiner Stimme. Mit unendlichem Jubel werfen sich die Kleinen dem Vater an die Brust, umfassen seine Knie, und — wahrhaftig: Taran weint! Noch nie hat er seine Buben so geherzt, so krampfhaft beide miteinander an seine Riesenbrust gedrückt, als wollte ihm ein sprungbereiter Dämon sein Liebstes auf Erden entreißen. So verzweifelt, haltlos liebt nur ein Weib!
Vater! Vater!" keucht der Kleine da schmerzlich. „Vater, da ist etwas Hartes!"
Es ist die Felltasche!
Die Felltasche mit dem Gold!
„Ah — das — das ... ich will diese Tasche ablegen!"
Hastig lässt der Häuptling von den Knaben und verschwindet wie ein Dieb in seiner Hütte.
Niemand hat bemerkt, dass Panides durch eine innere Wasserstiege verschwunden und nach dem Ufer geschwommen ist.
Am Waldrande holt er die Thuracher ein:
„Halt ... halt! Ihr da, wartet noch!"
Der junge Führer hat sich umgedreht und schaut dem Griechen mit wahrhaft leuchtenden Augen ins Gesicht:
„Ah ... du?"

Wie der Blitz hat er ihn gepackt und der Dolch blinkt in seiner Hand:

„Ah, Panides, dich wünscht ich längst noch einmal zu sehen! Was willst du?"

„Thuracher! Du sollst die beiden Knaben haben! Komme morgen ... heute wieder!"

„Gut! Mach dich fort, ehe dich die da vorne sehen!" Wie von einem inneren Feuer getrieben waren nämlich die Befreiten vorausgeeilt. Panides aber verschwindet, wie er gekommen ist. Noch triefend nass pocht er an Tarans Hüttentüre.

„Wer da?", tönt es von innen wie ein Ruf des Erschreckens.

„Ich — Panides!"

Zuerst ist es dem Griechen, als vernähme er ein hastiges, ängstliches Flüstern, und dann hört er deutlich:

„Ich muss ihn hören ... ich komme!"

Und schon ist Taran wie ein Diebsgeselle herausgeschlüpft.

„Was willst du? Was hast du?", fragt der Häuptling hastig.

„Etwas für dich allein! —Komm an das Geländer; mir scheint, dass die Weiber auch nicht die ganze Nacht schlafen!"

Eine mondlose Nacht liegt über der Erde, Myriaden von Sternen tanzen auf den schaumlosen Wellchen, von einem liebeglühenden Südwind zum nächtlichen Reigen gelockt — dort fällt ein Stern!

Taran sieht es und zuckt zusammen; denn jetzt ist Schahatan mit einer Seele zur Unterwelt gefahren.

„Was hast du?", keucht der Fürst zum zweiten Male.

„Taran! Du hast mir vor zehn Tagen gedroht, mich an der Zunge aufzuhängen!"

„Wenn du mir die Schuld Giurdas nicht beweisen kannst."

„Morgen werde ich den Beweis erbringen!"

„Ha! Dann ... dann werde ich ... Schahatan! Panides! Was soll ich tun? Sie begraben, im feuchten Sumpfe, mit einem ...?"
„Nein! Das ist eine Strafe von wenigen Augenblicken! Wer einem Fürsten Taran die Ehre beschmutzt und seinen Namen..."
„Schahatan! Tod und Verwesung!"
„Der soll ... die soll ein Leben lang begraben sein! Du kannst sie fürchterlicher strafen als mit dem Erstickungstod ... sie soll leben ohne den Atem der Seele, ohne den Puls ihres Herzens, ohne die zwei Sterne ihres Augenlichtes!"
„Du sprichst mit den Göttern ... ich verstehe dich nicht."
„So höre: Wenn Giurdas Schuld erwiesen ist ... liegt dir dann noch viel an deinen Knaben?"
„Grieche! Ich erwürge dich!"
„Warte noch! Sonst kann ich nicht mehr sprechen, und jetzt spricht dein Freund, der Ehre und Leben gewagt hat für deine Ehre, der Grieche Panides: Taran, Fürst der Taraner, wenn du wissen willst, ob Giurda dich liebt ... "
„Bei den Gebeinen meiner Ahnen! Ihren Schädel will ich auf den First meiner Hütte pflanzen!"
„Pah! Wenn du vorerst wissen willst, ob sie dich wirklich über alles liebt, so musst du sie morgen wählen lassen zwischen dir und ... ihren Kindern!"
„Zwischen mir und ... wie meinst du das?"
„Ich meine: du verkaufst die Knaben ..."
„Panides, zieh dein Schwert!"
„Nicht so hitzig! Du verkaufst die Knaben — zum Schein! — und lässt ihr die Wahl — auch zum Schein – entweder mit ihnen nach dem Thurachersee zu ziehen, oder bei dir zu bleiben! Wenn sie gehen will, behältst du sie doch zurück, um mit ihr Gericht zu halten! Die Buben kannst du ja später wieder zurückkaufen ... der Thuracher hat es mir versprochen.

So lügt Panides; er weiß, dass Taran Leib und Seele verliert, wenn er Gold in den Fingern hat.

„Panides, komm! Ich will dir etwas zeigen!"

Der Fürst geht voran in sein Schlafgemach: Panides folgt wie ein dummer Hund, der nicht weiß, ob er die Knochen oder Prügel kriegen soll.

In einem Topfe flackert ein unsicheres Talglicht, aber der Grieche sieht auf den ersten Blick, dass das Gemach leer ist.

„Wo ist Giurda?"

„Still!"

Taran hebt den Lichttopf an einer Schnur und geht weiter in das anstoßende Kindergemach. Hier schläft Giurda voll angekleidet bei den Kindern. An ihren Wimpern hängt eine Träne. Ihr herrliches Haar dient dem Kleinern als Kopfunterlage, die Rechte hat der Knabe der Mutter um den Hals gelegt; sie aber hält ihn mit gefalteten Händen umfasst, während der Größere sich in wohliger Verkrüppelung unter die Felle vernestet hat. Das Licht scheint den Kleinen zu beunruhigen; denn er regt sich. Taran verhüllt die Flamme mit der Hand.

„Mutter, ich hab' dich so lieb! Gell, heute ist der Vater auch lieb gewesen!", lallt der kleine Käfer noch halb im Schlafe. Die Fürstin tätschelt leise seine Wange.

„Schlaf jetzt, Bubi! Vater ist immer lieb!"

„Nein — zu dir nicht!"

„Schscht — Schlafen, Spatz. Er meint es nicht bös!"

„Wenn er dich noch einmal schlägt, so verberge ich ihm die Pelzkappe, Mutter, und haue seinem jungen Hunde den Schwanz ab!"

„Dann kriegst du Schläge!"

„Von ihm? Ich schlüpfe durch das Hundsloch: dort kann er nicht durch!"

„Nein, von mir kriegst du Abfälle, Schlingel! Jetzt ruhig — Vater könnte erwachen!"
„Warum träumt er immer so laut?"
„Still! Horch! Schahatan schleicht ums Haus!"
Das wirkt; denn der Kleine zieht die Leine an und kringelt sich noch näher zur Mutter hin.
Und wieder fällt Licht auf die Schläfer-Gruppe:
„Panides — schau! Ist das der Schlaf der Schuld? Der Hund träumt nach der Jagd von dem, was er erlebt: Er winselt auf der Spur, keucht dem ausgestochenen Wilde nach, verbellt es, rudert mit den Läufen, und auch der Mensch zerreißt im Wundfieber die Bilder der Vergangenheit und spielt mit ihnen — hast du hier die Sprache der Schuld vernommen? Hat sie vielleicht den Namen Panides geseufzt?"
„Nein! Denn erstens schien sie wach zu sein — sie hat vielleicht deine Anwesenheit gespürt und dir mit kluger Weiberlist den Bart gerupft ... "
„Zweitens: Wenn sie wirklich schlief — Taran! Im Schlafe sind alle Weiber brav, aber auch nur dann! Komm! Sonst werde ich auch noch schwach; denn sie ist wirklich schön, Taran, schön wie ein Maimorgen!"
Taran schaut wie ein Wahnsinniger auf sein Weib. Plötzlich zieht er sein Bronzeschwert:
„Soll ich ein Ende machen?"
„Taran! Ein Weib im Schlafe morden!
Man würde dich verfluchen, sie als unschuldig und dich als ein Raubtier erklären. Eines nach dem andern: erst den Schuldbeweis und dann die Strafe!"
„Komm, Panides! Mir ist, als ob ich mir mit dem Messer das Herz öffnen sollte, um dort Luft zu machen!"

„Lass das! Sonst wird sie Witwe, Taran, und als solche braucht sie deine Eifersucht nicht mehr zu fürchten!"
„Fluch und Verwesung! Schahatan soll verenden!"
„Wer ist hier?"
Giurda ist erwacht! Halb erschreckt, wie geblendet, hält sie die Hand vor die Augen.
„Ah — du bist noch wach, Taran? Haben wir dich etwa ... wer steht dort, Taran?"
„Panides!"
Giurda zieht die Decke enger um den Hals und schaut mit einem bösen Blick auf den nicht gebetenen Gast — nur einen Augenblick, aber der Fürst hat diesen Blick gesehen, und einen Moment ist es ihm, als ob er den Kopf dieses herrlichen Weibes an seine Brust ziehen sollte, aber sofort ist Panides mit seiner hellenischen Geistesgegenwart bei der Hand:
„Hast du ihn gesehen, Taran," flüstert er, ohne die Lippen zu bewegen, indem er dem Fürsten scheinbar wie unauffällig ein Spinngewebe von der Schulter nimmt, „den Blick der verschmähten Liebe?"
Und sofort fängt der Wurm in diesem lebenstrotzenden Naturstamme wieder zu nagen an:
„Ist er dir nicht willkommen, Giurda, mein Freund Panides?"
„Wen du mir bringst, der ist immer willkommen. Ihr seid spät! Soll ich euch ein Mahl bereiten?"
„Nein, wir gehen jetzt auch zu Bett. Schlafe, Giurda; denn morgen ist für dich ein anstrengender Tag!
„Morgen?"
„Ja! Sage mir nur noch eins, Giurda: Hast du deine Buben lieb?"
„Unsere Buben? Taran, bin ich nicht recht wach, oder habt ihr aus dem großen Topfe getrunken?"

„So will ich deutlicher werden: Wen hast du lieber, Giurda, die Buben oder mich?"
Da lächelt sie; denn so fragen Männer nur. wenn sie gegorene Säfte getrunken haben, aber plötzlich schrickt sie zusammen. Sie hat einen Blick gesehen, der ihr kaltes Grauen macht.
„Ihr habt doch nicht etwa vom blauen Blute der eingemachten Tollkirschen getrunken, Taran?"
„Du hast meine Frage noch immer nicht beantwortet, Giurda!", widerspricht der Recke mit einer Stimme, die von Keuchhusten beengt zu sein scheint. Da legt sich eine feine Röte der Scham auf ihre keuschen Schläfen und sie beschattet ihre Augen wieder, als ob das matte, durchsichtige Talglicht sie blendete.
„Taran! So fragt man doch nur, wenn ... wenn man ... allein ist!"
„Weib!"
„Taran! Soll der dort ... soll Panides ..."
„Aha! Es wird dir schwer, Giurda, vor uns zweien das Wort der Entscheidung zu sprechen?"
„Ja, Taran!"
„Soll ich gehen, Giurda?"
„Ja, geht!"
„Gut! Also morgen! Komm, Panides!"
Als ginge es zur Schlacht, stürmt der Fürst hinaus und schleudert die Lampe in weitem Bogen in den See hinaus.
„Taran!"
Giurda hat gerufen, und er geht zaudernd zurück, in ihr finsteres Gemach. Kaum ist er eingetreten, so legen sich zwei weiche Arme um seinen Hals, und eine nasse Wange drängt sich an die seinige:
„Taran! Warum hast du mir das getan?"

Da stößt er sie so zurück, dass er ihren Fall hört. Sie muss auf den Kleinen gefallen sein, denn dieser schreit auf. Da verlässt er sie und geht hinaus an das Geländer.
Über den See her dringt das langgezogene Heulen eines Hundes.
Taran geht heute nicht schlafen.
Am Gestade schreit der erste Vogel auf, die Sterne verblassen, aber es will heute nicht tagen über dem Taranerdorf.
Noch in der Dunkelheit des Morgens sucht der Fürst seine ältesten Berater auf und spricht Folgendes:
„Meine beiden Knaben haben mich gestern schwer erzürnt und Giurda hat ihnen geholfen. Zur Strafe werde ich heute die zwei Knaben — zum Scheine natürlich! — an die Thuracher verkaufen — für einige Zeit! Sie sollen die Gebräuche und Waffenführung des Ostens kennen lernen. Sagt das heute den andern, wenn ihr auf der Jagd seid.
Geht jetzt: Im Storchensumpfe brechen Wildschweine!"
Die Alten wissen nicht, was sie sagen sollen.
Die Jäger ziehen ab, bis auf die wenigen, die im Dorfe unentbehrlich sind. Taran hastet herum wie ein gefangener Marder, der vor dem Tageslichte und den Menschen sich fürchtet; von seinen Nasenflügeln zu den Mundwinkeln zieht sich eine tiefe Furche und seine düsteren Augen suchen sich hinter den knochigen Vorsprüngen der Brauen zu verbergen.
Erst am späten Nachmittage kommen die drei Thuracher zurück. Tarans Knie scheinen zu wanken, als die Erwarteten über die Brücke schreiten.
Panides bemerkt es und nähert sich ihm:
„Sei stark, Taran! Handle wie ein Fürst, ruhig und ernst! Ich stehe zu dir!"
Taran ballt die Fäuste und beißt auf die Zähne:

„Giurda!", ruft er mit tiefer, befehlender Stimme.
„Giurda! Bringe die Buben her!" Aber zwischen den einzelnen Worten muss er einmal Atem holen und dreimal schlucken.
Schon stehen die Neugierigen herum.
Taran jagt sie fort; sie ziehen sich in die Hütten zurück und gaffen von ferne. Da kommt die Fürstin, an jeder Hand einen Knaben führend. Der Kleine hält beim Anblick der drei Fremden den Zeigefinger verwundert in den Mund gesteckt. Der Größere aber schaut zur Mutter auf, als erwarte er eine Aufklärung, die sie selber nicht geben kann.
„Giurda!", spricht der Fürst nun in einem Tone, als ob er sie vor das Totengericht forderte. „Giurda! Frage den Mann dort, was er von uns noch wolle!"
Fragend schaut die Fürstin auf den jungen Thuracher.
„Ich bin gekommen", sagt dieser ohne Umschweife, „um dem Taranerfürsten seine beiden Knaben abzukaufen!"
Die Kleinen schmiegen sich ängstlich in das Talar-Kleid ihrer Mutter; diese aber schaut, wie eben vom Schlafe erwacht, unsicher, erstaunt, bald auf den Fremden, bald auf ihren Mann.
„Du hast gehört, was dieser Mann da gesagt hat, Giurda?"
Halb verlegen streicht sie sich eine Locke aus der Stirne, wie um recht sehen zu können, und blickt mit namenlosem Staunen ihrem Fürsten ins Gesicht:
„Gehört wohl!"
Sie wartet auf einen Blick von ihm, auf ein geheimes Augenzwinkern, welches ihr besagen soll, dass er die Buben erschrecken wolle.
„Ich gehe nicht!", erklärt der Ältere trotzig; dem Kleinen aber ist das Weinen nahe. Schon ist Giurda bereit, auf den „Scherz" einzugehen, als der Thuracher auf den Boden kniet und sein Fell entfaltet: leise klirrt es, und vor den staunenden Augen

blinkt und prunkt es von goldenen Ringen, Ohrgehängen, Fibeln und Kettlein —!

Da dämmert es in der Seele des unglücklichen Weibes wie entsetzliche Erkenntnis: Gold — das furchtbare Gold — Metall des Todes!

Tief in ihrer wogenden Brust hört man ein leises, wimmerndes Stöhnen, ohne dass die schmerzgeöffneten Lippen sich bewegen. — Mit einem halblauten Atemzuge, ergreifender als der markerschütterndste Schrei, bricht sie in die Knie und drückt die Kleinen an ihre Brust, sie immer und immer wieder von neuem erfassend, und mit einem Male löst sich aus dieser Gruppe des Jammers ein dreifaches, herzzerreißendes Weinen aus. Die Blumen ihres Herzens hängen an ihrem Halse, schmiegen sich an ihre Brust, als wollten sie wieder zurück in das Paradies, wo ihr erstes Werden aufblühte:

„Mutter, Mutter, nicht fort! Wir wollen brav sein! Mutter, hilf uns ...!"

„Taran!", schreit sie auf mit zerrissenem Herzen, brechenden Auges, wie eine Rehmutter, über deren Junges der Wolf steht. „Taran! Um unserer Liebe willen, Taran, um deines ersten Schwures willen, sei barmherzig!"

Ringsum hört man verhaltenes Schluchzen und das Weinen der anderen Kinder. Taran scheint zu wanken und greift sich an die Stirne. Da flüstert ihm Panides über die breite Schulter zu:

„Taran! Die Fremden lachen!"

Die „Fremden" lachen zwar nicht; finstere Verachtung liegt auf ihren trotzigen Zügen, aber Taran sieht sie doch lachen; denn er ist im Banne des Griechen und im Banne des Goldes.

„Taran!", tönt es noch einmal, so bittend, so weich und weh, dass ihm — wahrhaftig! — eine Träne über die Wangen rieselt.

Giurda schaut auf diese Träne, selbst unter Tränen lächelnd, wie auf den erlösenden Morgenstern nach furchtbarer Gewitternacht. Da geschieht etwas Unerwartetes: Panides nimmt die Felldecke samt dem klirrenden Golde, ohne dass die Thuracher ihn hindern, und hält den funkelnden Schatz dem Taranerfürsten hin. Plötzlich zuckt der Grieche zusammen: Er erkennt einige bekannte Stücke, ist aber zu klug, um seine Ansprüche schon jetzt geltend zu machen — nur seine Augen blitzen mit dem Golde um die Wette.
Taran handelt wie von einem Traume gebannt: Er greift nach dem Schmuck, wie mit Raubfängen, wühlt mit zitternder Wollust darin wie ein Kind in einer Beerenschale und — lässt alles weltvergessen in seiner großen Felltasche verschwinden.

Da stehen die drei Männer auf, um die Buben an sich zu reißen; aber auch Giurda hat sich erhoben wie ein Adler auf seinem Horst; und als sich der junge Thuracher ihr nähert, erhält er einen Schlag ins Gesicht, dass ihm das Blut aus der Nase strömt. Aber merkwürdig: er bleibt ruhig und ernst, packt sie an den Gelenken der Hand und ringt mit ihr. Die Verzweiflung gibt ihr Kräfte, dass der sehnige Jäger hin und her geworfen wird und ihr weißes Kleid mit seinem Blut bespritzt. Auch die Kleinen winden sich wie Würmer und ihre Verzweiflungsschreie bringen den Fürsten wieder zu sich. Er blickt auf und taumelt. Schon sind die beiden Kleinen an ein Seil gebunden, und die Männer haben Mühe, sie zu halten! Sie winden sich auf dem Boden, wälzen sich, ersticken fast am Schreien. Und dazwischen immer wieder der Schrei nach der Mutter.
„Taran! Mach ein Ende!", ruft selbst Panides, und der Fürst hebt wie durch Zwang seine Rechte, die Linke aus die Tasche gedrückt.

„Halt!", ruft er nur; etwas Anderes weiß er nicht zu sagen und schaut auf seinen Freund Panides. Dieser ist sofort bei der Hand:
„Jetzt — die Entscheidung!"
Im Kampfe ist eine Pause eingetreten: die Knaben schauen leise weinend bald auf den Vater, bald auf die Mutter, und diese .... Ah! Dort steht Giurda, die Linke aufs Geländer gestützt, die Rechte auf die Brust gepresst. Dort ist das weiße Kleid von Blut gerötet, als ob ihr Herz im Kampfe um ihre Lieblinge geblutet hätte. Wild wogt ihre Brust auf wie Sturmflut: das schweißbedeckte Haupt mit den halbgeöffneten Rosenlippen leicht nach rückwärts gebeugt, wie um Atem zu schöpfen, das herrliche Haar aufgelöst, wie ungebändigte Bergströme um Nacken und Schultern fließend, steht sie da, eine Fürstin der Urzeit, eine Fürstin des Schmerzes, ein ... Weib!
„Jetzt!", drängt Panides noch einmal. Da erhebt der Taranerfürst seine Stimme:
„Giurda! Ich habe dich gestern gefragt, wen du mehr liebest, die Knaben oder mich. Weiß Giurda jetzt vielleicht die Antwort?"
„Ja!", haucht sie wie in Atemnot.
„Und? — Wie lautet sie?"
„Dich, Taran!"
„Du hast jetzt die Wahl, mit den Kindern zu gehen, oder hier zu bleiben. Was willst du?"
„Was wünschest du?"
„Das sage ich nicht — nun, was willst du tun?"
„Taran! Ich habe ... geschworen, dich nie zu verlassen ... und ... und wenn ich auch nicht ... nicht geschworen hätte ... ich bliebe ... bei dir!"

Ihre Kraft ist zu Ende. Ein Brechen geht durch den schlanken Körper, sie presst die Rechte auf die Augen und sinkt mit wehem Stöhnen um. Schwer schlägt ihr Hinterhaupt auf den Rost nieder. — Weiber springen herbei und bemühen sich um sie. Die zwei Knaben schreien wieder auf, aber ihr Wehruf wird immer leiser und immer ferner; denn sie werden am Seile fortgeführt. In den Weiten des Urwaldes lebt ihr Stöhnen der Verzweiflung noch einmal mit Urgewalt auf — wenigstens ist es so zu hören — dann verhallt es, verschwindet, als wäre es nie wahr gewesen.
Dort aber steht der Fürst der Taraner und stiert seelenlos in die sinkende Abendsonne, die wie ein rotgeweintes Auge ihr letztes Licht im Dämmerschleier der Nacht verhüllt, und über den See her dringt wieder das langezogene Heulen eines fernen Hundes. Taran schauert zusammen und stiehlt sich in die Hütte.
Giurda aber sitzt zusammengesunken an der Wand einer Hütte mit gefalteten Händen, stumm und tränenlos ... scheu blickt sie nach ihm, und an ihrem Aufschlage liegt nur namenloser Schmerz und ... Erbarmen mit dem unglücklichen Manne, der an einer so schweren Krankheit leidet, an der unheimlichen Goldsucht. Wie ein geschlagener Hund schaut Taran verstohlen nach ihr und erschrickt: Einen solchen Schmerz hat er noch nie gesehen, und da ... da scheint sie von ihren Gefühlen übermannt zu werden! Ein halbunterdrücktes, stoßweises Wimmern erschüttert ihre Brust, aber nur einen Augenblick, dann richtet sie sich auf und tritt vor ihn:
„Taran! Du hast heute noch nicht gegessen!" Durch all die schrecklichen Wetterwolken bricht immer wieder der milde Sternenschein ihrer weiblichen Fürsorge. Das ist dem schuldbewussten Taran zu viel. Es gibt keine fürchterlichere Rache

als hingebende Liebe nach angetaner Schmach! Er wendet sich ab und geht hinaus an das Geländer, um dort mit seinen Augen zwei Löcher in den See hineinzubohren. Für ihn gäbe es jetzt nur einen Trost: wenn er sich einreden könnte, dass sie selber schuld an ihrem Elend wäre; aber hat sie sich nicht in jenem fürchterlichen Augenblicke für ihn entschieden — hat sie nicht die Hand geküsst, welche den Dolch nach ihrem Herzen führte? Und gar jetzt, diese herzzerreißende Sanftmut!

„Taran!"

Wie nach einem Fußtritt schnellte er herum.

Panides steht hinter ihm.

„Was schmorst du hier, Taran?"

„Ich denke darüber nach, ob für dich ein Strang oder ein Hundsdarm geeigneter wäre! Du wirst nämlich aufgehängt werden, Panides!"

„Deshalb bin ich hier, Taran! Ich habe dich mit Schmerzen gesucht. Eine schöne Stelle habe ich auch bereits gefunden!"

„Spotte nur, lieber Freund! Giurda scheint noch nicht ins Wasser gehen zu wollen, wenigstens nicht aus ungestillter Sehnsucht nach dir! Hat sie sich nicht fürstlich bewährt?"

„Gewiss, Taran! Vielleicht wäre sie eher gegangen, wenn du ... mich verkauft hättest! Rege dich nicht auf, Taran! Ich habe mich mit dem Schilde der Tugend bewährt. Immerhin kannst du von mir nicht verlangen, dass ich das Schöne hässlich finden soll! Anschauen darf man sie doch, gelt?"

„Schahatan! Mir ist immer, als ob ihr weißes Kleid von deinen Glotzern beschmutzt würde. Mit einem glühenden Dolch werde ich sie dir herausholen, deine Augen, heute noch, wenn du mein Weib nicht überführst!"

„Dein Befehl ist mein Wunsch, teurer Freund! Komm! Nun will ich dir etwas zeigen!"

„Schahatan! Wenn du wahr sprächest!"
Panides geht ihm leise voran an die Hütte der Fürstenwohnung und bleibt stehen:
„Schscht! Setze deine Büffelhufe etwas leiser ab, Taran. Schau, hier durch dieses Astloch dringt ein wenig Licht aus deinem Gemach. Gucke hier hindurch, bis ich wiederkomme!"
Der Grieche betritt leise Tarans Wohngemach und ruft mit scheinbar unterdrückter Stimme:
„Giurda! Giurda!"
Hochaufgerichtet, eine Heldin des Schmerzes, den sie keinem Fremden zeigen will, kommt sie aus dem Kindergemache und erschrickt. Aber sofort fasst sie sich und spricht mit mehr Verwunderung als Entrüstung:
„Panides — du?"
In dem „du" liegt ein Ton, der den Griechen wie mit Eis berührt, eine Verachtung, welche auch den letzten Rest von Ehrgefühl herausfordern muss. Wie gerne hätte er dieses selbst im furchtbarsten Schmerze noch so unnahbare Weib zum Zorne gereizt, mit Hohn übergossen, wenn er jetzt nicht eine andere Rolle spielen müsste. Taran schaut ja durchs Astloch, und da patzt weibliche Entrüstung schlecht zum Handel, also, wenn möglich, das Gegenteil:
„Giurda!", flüstert er so leise und geheimnisvoll, dass einerseits Taran nichts versteht, anderseits ihre Neugier wach wird. „Giurda, ich bin ein Schurke gewesen, ein schlechter Mensch aus verschmähter Liebe, aber das Bild der armen Kinder verfolgt mich Tag und Nacht, treibt mich zu Wahnsinn und Selbstmord!" Zur wirksamen Offenbarung seiner plötzlichen Zerknirschung lässt er sich wie gebrochen auf die Knie nieder und flüstert weiter, mit flehentlichen Gebärden: „Giurda! Ich bringe dir die Kinder wieder, wenn du mir verzeihst!" Und laut, dass

Taran es verstehen muss, fügt er hinzu: „Giurda, o Fürstin, sei so lieb! Du sollst es nie bereuen! Nimm die furchtbare Qual der Ungewissheit von meinem Herzen!"

Giurda schaut den verlorenen Sohn mit durchdringenden Augen an, aber in der ganzen Haltung, in Ton und Stimme des Griechen, in seinen so treu blickenden Augen, in dem flehentlich geöffneten Munde ist so viel Echtheit, Ehrlichkeit und Zerknirschung, dass die Fürstin ihm rückhaltlos und selig lächelnd beide Hände reicht:

„Panides, wie gerne! Das ist mein erster Sonnenstrahl nach dem Grauen der Todesnacht!"

Draußen ist ein Ton zu hören, als ob ein wilder Kater seinen Rivalen begrüßte. Der Grieche fürchtet wohl, dass Giurda für den Horcher allzu erklärend sich äußern könnte; denn er warnt sie — ziemlich laut:

„Sprich leise, Fürstin! Taran könnte uns hören!"

Draußen fällt eine Stange um. Panides aber fährt weiter, um die Fürstin möglichst wenig oder nicht mehr zu Worte kommen zu lassen und die Lage selbst zu beherrschen:

„Wenn er uns so sieht, schöpft er Verdacht und ist imstande, uns wie ein gespießter Eber anzukeilen — und er ist dir doch so lieb, nicht wahr, Giurda?"

Diese schaut errötend zur Seite, und draußen bricht etwas, das von Holz sein muss. Giurda erschrickt:

„Panides! Du hast recht! Steh auf. Wenn er dich so ..."

„So auf den Knien sieht", fährt Panides fort, ohne aufzustehen, „so könnte er meinen, ich hätte dir erst jetzt eine Liebeserklärung gewidmet, und das ist ja gar nicht wahr?"

„Panides!"

Durch irgendeine Ritze der Wand dringt ein schnaubender Windzug herein. Die Fürstin aber scheint an ihrem reuigen

Sünder da zu ihren Füßen irre geworden zu sein. Panides zieht ein schmerzverzerrtes Gesicht und spricht wieder ganz leise:
„Ich glaube ... oh, ah ... ich muss mir meinen linken Fuß etwas verstaucht haben ... Giurda, hilf mir aufstehen!"
Ahnungslos zieht sie ihn am Oberarm, und ... da kommt etwas hereingeschnaubt wie ein irrsinniger Urstier:
„Dämonen über euch, ihr räudigen Hunde! Knochenfraß und Schädelbruch!"
„Taran, du bist verrückt!" Panides fällt ihm gewandt in das geschwungene Stangenstück. „Du bist im Irrtum, Fürst Taran! Ich habe die Fürstin nur für etwas ... um Verzeihung gebeten!"
„Fort mit dir, Ziegenbock, oder ich schlage dir auf die Hörner, dass sie dir wie Holznägel durch das Gehirn fahren!"
„Still! Man erwacht in den anderen Hütten! So höre doch!"
„Ich habe genug gehört! Fort mit dir, oder ich zerschmettere dich zu Hundefutter! Schahatan soll sie – zum Fraße rösten, jene verkommene Weibsperson, die sich Fürstin Taran nannte!"
Da tritt sie vor und neigt ihr schönes Haupt:
„Taran! Wenn du je gezweifelt hast an meiner Treue, so schlage zu ... dann will ich nicht mehr weiterleben, dann habe ich nichts mehr auf der Welt!"
Diese Ruhe bannt den wilden Büffel; schnaubend steht er vor ihr, aber er wagt nicht, auf diese Gestalt zu schlagen; es ist, als ob eine unsichtbare Hand ihn zurückhielte.
„Ich hab's gehört ... gehört mit meinen eigenen zwei Ohren!"
„Die sind nicht immer zuverlässig, Taran! Komm, ich will dir das Ding erklären!", spricht der Grieche und zieht den gewaltigen Wüterich widerstandslos wie einen lebensmüden Greis hinaus. Die Fürstin aber lehnt ihr Haupt an einen Pfosten und schaut ihnen wie gleichgültig nach. Nun steht sie allein im Familien-

gemache, wo einst Liebe und Glück und Friede den Tag beschlossen.
Ein Fluch lastet auf dem Taranerdorfe.
Drei volle Tage blieb Panides verschwunden. Niemand ahnte, wo er gewesen war, als er am vierten Tage wieder auftauchte, und niemand fragte ihn. Düster wie Geisterschatten ziehen die Tage dahin, einer nach dem andern und einer wie der andere. Taran ist scheinbar freundlich zu Giurda; aber diese Freundlichkeit ist glitzernder Raureif, welcher auch die letzte Blüte der Lebensfreude durchkältet. Giurda schmückt sich nicht mehr.
Eines Tages kommen wieder fremde Gäste; Panides hat sie irgendwo zufällig getroffen und bringt sie zum Fürsten. Es sind Jaruner, die mit ihm die Grenzen der Jagdgebiete besprechen wollen, zur Vermeidung von Streitigkeiten, wie sie der Jagdeifer nur zu oft mit sich bringt. Taran überlässt ihnen für wenig Gold ein uraltes, angestammtes Taranergebiet. Der Abend vereinigt das ganze Dorf zu einem Festmahle. Giurda bedient die Gäste stumm und demütig wie eine Sklavin. Einer der Fremden blickt zuweilen scharf nach ihr, so dass der Fürst mit argwöhnischem Lauern die Zähne zusammenbeißt. Endlich kann er sich nicht mehr halten:
„Giurda!"
„Ja, Fürst?"
„Dieser Jäger scheint etwas auf dem Herzen zu haben. Frage ihn, ob er vielleicht einen Wunsch hat!"
Giurdas Schläfen röten sich, aber sie schaut nicht auf; denn sie ist solche Peinlichkeiten gewöhnt. Der Jäger aber erhebt sich:
„Ja, Taran, ich habe einen Wunsch. Ich kaufe dir dein Weib ab! Was willst du dafür?"

Zitternd steht Giurda mitten in der bestürzten Schar und bedeckt vor Scham ihre Augen. Der Fürst aber ist aufgesprungen wie eine getretene Kreuzotter und hat sein Schwert gezogen: „Jarunerhund! Komm mit mir an das Gestade. Das Gastrecht verbietet mir, an diesem Orte deine Brust aufzupflügen!"
Auch der Jaruner steht auf und zieht ... eine herrliche Goldschale hervor, größer als die Trinkschale da vor ihnen und er hält sie wie zum Opfern empor. Zahllose, kunstvoll ausgetriebene Buckelchen blinken im Strahle der Abendsonne wie die gekräuselten Wellen im Jurasee, und zwischen diesen Buckelchen sind Tierfiguren ausgespart, welche dem wundersamen Juwel den Ausdruck sinnvoller Eleganz verleihen. So etwas wurde noch nie gesehen!
„Taran! Diese Schale für dein Weib!", sagt der Jaruner ruhig. Giurda bricht vor Scham beinahe zusammen und verbirgt ihr Antlitz am Halse einer Freundin. Bös schauen die Weiber auf den Gast und fast drohend auf Taran.
Taran starrt unbeweglich, wie vom Blitz getroffen, auf das Gold.
„Siehst du Geister, Taran, oder hat deine Zunge die Sprache verloren?"
„Panides! Das dort!"
„Wie müsste der Met aus dieser Sonnenschale dir über Lippen und Bart kräuseln, Taran. Du würdest die Augen schließen — vor Wonne!"
»Zeig ... zeig einmal her! Ist es Bronze?" Der Fürst greift danach wie ein Bube nach einem Vogelnest. Der Jaruner überlässt sie ihm lachend, wie eine Mutter dem Kinde das Spielzeug.
Taran lässt sich mit dem Juwel auf dem Boden nieder und spielt leise damit. Er dreht es, beschaut es von außen und in-

nen, hält es an die Lippen, wiegt es auf der Hand, und …

„Giurda, sieh, welch herrliche Götterschale, damit können wir …"

Er hält inne. Erst jetzt scheint ihm zu dämmern, dass sie der Kaufpreis sein soll!

„Taran! Gib sie zurück!", bittet sie mit erhobenen Händen. „Die Jaruner behandeln ihre Leibeigenen mit namenloser Schmach!"

„Es ist wirklich Gold — kein Zweifel!", antwortet ihr Gatte.

»Zeige sie mir, Taran!", sagt sie bittend. In ihren Augen flackert etwas.

„Schau, Giurda, diese wundervollen …"

Taran stößt einen markerschütternden Schrei aus. Die Schale fliegt im Bogen über das Geländer, klatscht nieder und … herrlich glänzend im sonnendurchglühten Wasser wankt sie langsam wie ein fallendes Herbstblatt feierlich blinkend in die Tiefe.

Der Fürst stöhnt ihr nach wie ein verendender Stier. Die andern schauen schreckensstarr auf die leere Wasserfläche. Panides ist wieder der Handelnde. Wie ein Hecht schnalzt er auf und mit einem seiner griechischen Athletensprünge zischt er ins Wasser und verschwindet ebenfalls in der Tiefe.

Einige Augenblicke tödlicher Spannung …

Taran hält die Hände gefaltet wie zum Gebete, da stößt ein Wirbel auf, und der hellenische Händler taucht empor wie ein Delphin, die prunkende Schale mit der Linken hoch emporhaltend. Taran kann nicht warten, bis er an Land geht, stürzt sich ihm entgegen und — eine Wildkatze kann nicht gieriger nach einem Vogel schnellen – kommt mit dem Juwel im Munde pustend und stöhnend angeschwommen. Weit weg stellt er sich

vom Geländer und drückt die Goldschüssel krampfhaft an die Brust.
„Jaruner, ist das alles, was du bietest?", fragt nun der Grieche.
„Wir bieten dem Fürsten Taran noch ein Geheimnis!"
„Worin besteht es?"
„In Gold?"
„In …?"
Der Grieche horcht auf und Taran wuchtet näher wie ein Ochse, dem man ein Büschel Gras zeigt.
„Sprich, Jaruner, sprich!", drängt er.
„Wir geben dir für die Fürstin diese Goldschüssel und verraten dir den Ort, wo du Gold waschen kannst!"
„Ich sage ja! Das Weib sei dein! Du wirst in mein Ohr allein das Geheimnis senken vom Golde, das ich waschen kann!"
Da neigt sich der fremde Jäger an sein Ohr und flüstert: „Wasche in den Felsen des Butzenbaches, im Großtale, wo der Rhodan rauscht!"
„Gut! Dort … dort ist das Weib! Es ist dein, denn sie hat mir die Treue gebrochen!"
Wie ein Blitz aus heiterem Himmel wirkt das Wort:
Die Treue gebrochen!
Fürstin Giurda richtet sich auf über die Schultern der Gaffer, unsagbar hoheitsvoll wie die glühenden Titanen der helvetischen Alpen:
„Lügner!"
Ein schöneres Weib hat noch nie über die Fluten des Jurasees geschaut. Taran will mit der Faust auf die Fürstin los, doch ihr Blick wirft ihn förmlich zurück. Willig hält sie nun dem nächsten Jaruner die Hände hin, um ihm — blitzschnell den Dolch zu entreißen und auf die eigene Brust zu zücken. Der gewandte Jäger fällt ihr in den Arm und die Klinge fährt nur mit halber

Kraft in ihre Schulter. Blut rieselt über ihre Brust — die Waffe wird ihr entwunden.

Am Seile verlässt Giurda das Taranerdorf.

Lange noch ist ihre weiße Gestalt in der Abenddämmerung sichtbar.

Ein Wiedersehen

Die Hütten des Taranerdorfes mit ihren struppigen Storchennestern heben sich kaum vom nächtlichen Urwalde ab.
Friedlich scheint der Mond auf die stille Flut.
Aus einer der fast taghell erleuchteten Hütten tritt ein Mann mit wirrem Haare. Lautlos steigt er über eine Wassertreppe und setzt sich nieder. Ängstlich blickt er umher, zieht dann mit zitternden Fingern eine goldene Schale hervor und betrachtet sie im Mondlichte ganz für sich allein. Hoch hält er sie empor und ihr Widerschein zeichnet auch im Wasser eine goldene Schale, aber die leisen Wellen verzerren das Bild zu einem blassen, weinenden Frauenantlitz.
Über den See her aber dringt das langgezogene Heulen eines fernen Hundes.
Durch den nächtlichen Urwald bewegt sich ein geisterhafter Zug: dunkle Gestalten in Schlangenordnung mit einer gebundenen Frau. Plötzlich taucht aus dem Dunkel eine neue Gestalt auf und hebt mit einem Anruf die Hand: „Hujoh!"
„Jaruuh!", antworten die andern und stehen still. Einer von den Jägern erstattet Bericht.
„Es ist also gut gegangen! Ihr könnt die vereinbarten Massen holen!", spricht der im Dunkel Herantretende.
Damit ergreift er den Hanfstrick mit der Gefangenen und führt sie allein fort.
„Hujoh!", ruft er noch zurück, und da verschwinden die nächtlichen Gestalten wie Geisterspuk. Er ist jetzt mit ihr allein und geht voran, die halbgebrochene Fürstin nachziehend. Bei Son-

nenaufgang macht er den ersten Halt, packt den kargen Mundvorrat des Jägers aus und legt auch seiner Gefangenen vor. Sie berührt nichts, schaut nicht danach, hält ihren schönen Kopf gesenkt vor Schmach. Sie allein mit einem Unbekannten. Am Strick wie ein Hund. Und im Urwalde! Die erwachenden Vögel jubeln mit unendlicher Wonne dem aufstrahlenden Morgenrot entgegen doch für sie allein ist's Nacht geworden, ewige Nacht.
„Willst du trinken?", fragt ihr Begleiter kurz, und doch nicht hart.
„Nein!"
„Kennst du mich, Giurda?"
„Nein!"
„Schau mich an!"
Sie wendet ihr errötendes Antlitz weg und weint still.
„Verkenne mich nicht, Fürstin! Ich habe dich nicht aus Liebe gekauft, sondern aus — Hass!"
Da schaut sie auf und blickt ihn an.
Plötzlich geht ein Zittern des Grauens durch ihren Körper. Sie wird weiß bis an die Lippen.
„Du bist — Warwin! Der ‚schleichende Tod'!"
„Du kennst meinen Schwur?"
„Ja!"
„Erwartest du Gnade?"
„Nein!"
Warwin zieht einen Strick aus dem Fellkleide und legt ihn vor sich hin; daneben legt er sein Schwert.
„Fürstin der Taraner! Sieh dir die Sonne noch einmal an, wie sie dort über den cheluetischen Alpen dem Morgenrot entsteigt. Du siehst sie zum letzten Mal! Ich weiß, wessen man dich im Taranerdorfe beschuldigte. Gestehe deine Schuld, und ich ma-

che mit dem Schwerte ein schnelles Ende; wenn du aber leugnest, so hänge ich dich mit diesem Strick auf, Fürstin Giurda!"
Sie schaut ihn an — in namenloser Angst. Sein Gesicht scheint zu Fels erstarrt und seine Augen sind kalt wie Gletscherblau. Ihr junges Leben sträubt sich mit jeder Faser gegen den Tod. Sie bittet mit erhobenen Händen so flehentlich, so erschütternd, dass selbst die Vögel der Umgebung ihren Wonnetriller einstellen und dem Grauen des Urwaldes zuhören zu scheinen.
„Warwin! Du bist ein fürchterlicher Gegner!
Mein Glück, mein Friede vernichtet ... meine, o meine Kinder. Bist du noch nicht zufrieden!"
„Entscheide dich!"
„Panides hat gelogen!"
„Taran! — willst du sagen."
„Er war verführt — er hat es — vielleicht!"
„Du willst also nicht bekennen?"
„Nein! In Ewigkeit nicht ...!"
„Gut!" Warwin greift nach dem Strick und macht eine Schlinge, hält aber inne und richtet seinen Blick durchbohrend auf das arme Geschöpf:
„Giurda! Willst du meine ... Giurda, du bist schön! Willst du meine Sklavin sein und nur mich bedienen?"
Da scheint das Grauen der Todesnähe von ihr zu weichen und ein unsichtbares Diadem scheint ihre weiße Stirne zu krönen:
„Gemeiner Helwehnerhund! Ich habe dich und die Deinen immer bedauert. Jetzt nicht mehr! Erwürge das wehrlose Weib ... mit unsäglicher Schmach. Aber wenn du noch einen Tropfen Menschenblut von deiner Mutter hast, so erzähle den Thurachern, wie die Fürstin der Taraner gestorben sei."
„Giurda! Der schleichende Tod ist mit dir zufrieden. Der 'gemeine Helwehnerhund' wird dich zu deinen Kindern führen —

Fürstin der Taraner! Du bist die Erste, der ich die Hand zum Frieden reiche. ‚Der schleichende Tod' wird seinen Dolch begraben; denn nun glaubt er wieder an Liebe und Treue. Fürstin Giurda! Morgen wirst du deine Kinder sehen!"
Das ist zu viel für das arme Weib. Sie jubelt nicht auf. Still legt sie die schmerzgekrönte Stirne an den fesselfreien Arm, der auf einem Stein ruht, und unter ihren Tränen erwacht ein ausgetrocknetes Zyklamenblümchen zu neuem Leben.
„Giurda, du hast viel gelitten!"
Da erhebt sie ihr Haupt und blickt sehnsüchtig nach Osten:
„Und es ist Morgenrot!"
„Lasst uns gehen!"
Am übernächsten Nachmittag erreichen sie eine Anhöhe des Wutoberges. Der wonnige Thursee mit seinen heimeligen Pfahlhütten liegt zu ihren Füßen. Warwin gibt ein Hornzeichen und steigt mit seiner Begleiterin zum großen Thuracherdorf nieder. Schon von weitem sehen sie eine Gruppe Jugend sich nähern, voran ein blumengeschmücktes Mädchen mit je einem Knaben an der Hand. Giurda drückt beide Hände auf das pochende Herz und ihre seetiefen Augen blicken wie Maiensonne:
„Meine Buben!", flüstert sie still für sich und schließt die Augen. Da dringt Kinderjubel an ihr Ohr, so jubelnd, erstickend vor Hast und Wonne:
„Die Mutter ... die Mutter!"
Liebe Leserin, lieber Leser! Hier hat der Schriftsteller seine Feder niedergelegt und nach Worten gesucht, aber die Feder versagte. Solche Augenblicke kann man so wenig schildern wie einen Sonnenaufgang auf dem Finsteraarhorn. Stumm, mit gefalteten Händen muss man solche Szenen mit der Seele

schauen und sich vom Herzen erzählen lassen. — Da trat mir eine Episode aus dem eigenen Leben vor die Erinnerung:
Ich fischte mit der Angel in der Suhr, zwischen Oberkirch und Seehäusern am Sempachersee. Während dieser ebenso spannenden wie ermüdenden Beschäftigung stand ich an einer mit Erlen bestandenen Böschung. Ein Athlet war schon zum dritten Mal an die Oberfläche geschwebt und hatte in seiner urgemütlichen Art an der Kirsche geknuspert, ohne Ernst zu machen ... da höre ich zu meinen Füssen etwas plätschern: Eine Wasserratte kommt der „Schwelle" entlang, groß wie eine halbgewachsene Katze, und schnuppert am Bord herum. Was will sie wohl? Aha! Gerade unter mir, vom Rasen kaum überdeckt, hart über dem Master, liegt ein Amselnest mit Jungen! Da, ein wildes Zwitschern in der Luft — die Alte schwirrt heran! Und das sonst so scheue Tierchen stürzt auf den hässlichen, heimtückischen Raubmörder los bis fast auf Bissweite, dass die Ratte sich stellt, umflattert quietschend und schmähend den grausamen Kopf des unheimlichen Gesellen und flüchtet sich plötzlich wieder an einen anderen Ort, wo die Jungen — nicht sind, stellt sich wie erlahmt, halb gebrochen, in sein Schicksal ergeben. Kein Zweifel: Sie will das scheußliche Tier fortlocken. Umsonst! Das Raubtier hat das Nest gewittert und geht darauf los. Das Plänkeln wird zum Nahkampfe; Federn und Flaum fliegen in der Luft herum. Jeden Augenblick glaube ich die heldenhafte Mutter verloren. Jetzt ist die Ratte vor dem Nest ... da lässt sich die Alte wie tot auf die Jungen nieder und bedeckt sie mit den Flügeln.
Inzwischen habe ich mich leise durch die Erlenstauden herabgearbeitet, die knorrige Angelrute verkehrt in der Hand. Das Scheusal betrachtet einen Moment mit grausamem Zähneknuspern das ergreifende Bild und erhält in diesem Augenblick

einen Keulenschlag, dass die Eingeweide an die frische Luft gehen, und ein Tritt mit dem Absatz befördert den pfeifenden Raubgesellen in jene Gefilde, wo wahrscheinlich die Gegend von Amseln wimmelt.

Die Alte aber äugt mit einem Blick auf den noch viel gröberen „Räuber", dass es ihm ans Räuberherz greift. Aus der Blechschachtel werfe ich ihr einige Würmer hin; sie nimmt sie nicht, wagt sie nicht zu nehmen; aber ich verstehe diesen Blick:

„Ist's wirklich wahr?", wollte sie zu mir sagen. — „Ist's wirklich wahr?" wimmert Giurda, die Fürstin der Taraner, mit verhüllten Augen, als zweifle sie diesmal an der nackten Wirklichkeit. Dann breitet sie ihre Arme aus, fliegt ihnen entgegen, den beiden Liebessprossen ihres Herzblutes, sinkt in ihrem Ungestüm auf die Knie, sie beide zugleich umfassend — die zwei hängen wie kleine Ringkämpfer an ihrem Halse — und da stürzt sie mit ihnen zu Boden — mit ihnen spielend wie ein kleines Kind, als das kleinste von den dreien, bricht Blümlein ab und die beiden flechten sie ihr ins wundervolle Haar.

Warwin und Withura stehen daneben, und der „schleichende Tod" blickt feierlich in die Sonne, um die Tränen in seinen Augen zu verbergen!

Die Goldsucher

Ein bleierner Morgen dämmert über dem Taranerdorf.
Noch dringt der schwermütige Ruf des Totenkauzes vom Walde herüber, die ehrlichen Sänger des Tages schlafen noch und schon wird im Pfahldorfe alles lebendig.
Die Jäger rüsten sich, und zwar, wie es scheint, zu einem größeren Unternehmen; sie packen Proviant für mehrere Tage ein: ganze Fleischkeulen und Mehlbündel verschwinden in ihren Felltaschen und Rucksäcken. Überdies hängen sie sich Dinge über die Schultern, die mit der Jagd nichts zu tun haben: große Töpfe, neugezimmerte Holzgefäße, Grabkelte, Widderfette samt der Wolle und hundert andere Dinge, die zur Goldgewinnung vonnöten sind.
Über allen liegt eine geheimnisvolle Hast, eine Spannung, welche sich all ihren Bewegungen mitteilt. Mit unruhigen Augen sitzen sie um den Morgenbrei; ganze Schneeberge von Klößen verschwinden hinter ihren Waldbärten und die Hunde stürzen sich fletschend über die Reste hin, dass ihr Vorderleib förmlich in den Töpfen verschwindet.
Unter seinem Hüttendache steht Taran und schaut nach dem Wetter aus; er allein hat nichts gegessen, sondern sorgfältig alles geprüft und beständig zum Aufbruche gedrängt. Er ist älter geworden in den letzten Wochen; vereinzelte Haare seiner Schläfen sind weiß, seine Augen sind tief umrändert. Und er ist einsam geworden, der arme Mann; denn die Liebe hat sich verhüllten Auges von seiner Heimstätte gewendet.

Ein Horn gibt das Zeichen zum Aufbruche. Dem wilden Heer gleich, beladen wie die Lasttiere ziehen die Jäger aus, durch Büsche und Steppen und Urwaldgewirre gen Süden!
Drei lange Tage wandern sie.
Am dritten Marschtage betreten sie nach beständigen Kämpfen mit Hindernissen und Elementen das große Tal — das heutige Wallis.
Kalt und steil starren die firngekrönten Titanen der Alpenkette zum enzianblauen Himmel empor, wo der Adler im Morgenlichte seine Kreise zieht. Ganz in der Nähe tost ein milchschäumender Gletscherbach über seine selbstgefressenen Schlünde. Es tönt darin wie dumpfes Raunen erzürnter Berggeister. Die Jäger sind am Ziele, am Butzenbach. Er ist in dieser Höhe noch nicht wasserreich, aber eiskalt!
Ein Feuer wird angeschlagen und während Kochtöpfe und Bratstücke über der Glut hängen, wird der Angriffsplan besprochen.
Panides ist auch hierin erfahrener Anführer.
„Taran!", ergreift er nach einigem Nachdenken das Wort. „Wir müssen die ausgehöhlten Rundkessel des Baches nach Gold untersuchen, die sogenannten „Goldseifen" ausschlämmen. Deshalb ist es unsere erste Aufgabe, das Wasser oberhalb des zu untersuchenden Bassins abzuleiten."
„Ist das nicht ein wenig zeitraubend?", erkundigt sich der Fürst, der in seinem Fieber wohl am liebsten schon vor dem Mahl in das Wasser gestiegen wäre.
„Das schon!", entgegnet der Grieche. „Aber es muss sein, sonst habt ihr in einer Woche schon Gicht und Gliedersucht. Auch müssen wir einen bequemen Zugang zum Becken schaffen!"
„Dann schnell an die Arbeit! Das Fleisch ist weich genug!"

„Nur Geduld!", wehrt Panides mit eisiger Kaltblütigkeit ab. „Der Goldsucher muss erstens Zeit und zweitens Geduld haben. Wir werden noch oft herkommen müssen, und auch in jahrelanger Arbeit wird das Gold noch nicht erschöpft sein!"
„Glaubst du, dass die Erde so viel hat?"
„Im Gegenteil! So wenig!"
„So wenig?"
„Du wirst staunen, Taran, was ein kleines Stäubchen oder Körnchen oder Blättchen Gold an Arbeit, Ausdauer, Selbstüberwindung und Widerstandskraft verlangen wird. Schahatan verlangt für sein Gold das Mark des Menschen. Ich hätte euch abraten sollen! Nach diesem einen Versuche werdet ihr doch der mühseligen Arbeit überdrüssig sein und heimgehen, um Brei zu essen!"
„Da kennst du die Söhne Tarans schlecht, Panides! Eher lässt der Wolfshund von der Rehfährte, als wir von der Spur dieses Goldes. He. was meint ihr, Jäger vom Jura?"
„Einverstanden, Fürst Taran!", ruft Harduin mit Begeisterung. „Wir entreißen Schahatan auch den letzten Goldflimmer!"
„Das Goldsuchen reizt uns mehr als die schönste Jagd," erklärt ein Dritter, indem er seinen Grabkelt losschnallt.
Das Mahl ist kurz; man hört, wie die Fasern reihen, und die Hunde bekommen diesmal fast den Hauptanteil. Eine Hast, eine Unruhe, ein geheimes Feuer hat die Jäger der Wildnis ergriffen; etwas Unbekanntes, Rätselhaftes flackert in ihren Augen: das Goldfieber, das nur jener kennt, der schon auf der Suche nach diesem entsetzlichen Wertmesser der Menschheit wie ein Tier gehungert und gefroren hat.
Nach dem Mahl gibt der Fürst bekannt, dass immer drei bis fünf der Krieger auf die Jagd ziehen müssten, um für den Unterhalt der Arbeitenden zu sorgen. Beinahe wäre es zum Strei-

te gekommen; niemand will gehen! Da meldet sich Panides als Führer der jeweiligen Jagdtruppe und wird einstimmig gewählt. In seinen Augen zuckt es auf wie Hohn; er hat den besseren Teil gewählt. Für diesmal nimmt er nur zwei Begleiter mit. Vorerst gibt er noch seine Anleitungen für den Tiefbau im Wasser, dann schreitet er mit seinen Jagdgenossen rüstig den Bergen zu.

Unterdessen graben die Arbeiter Tarans an der Herstellung des Wasserablaufes, dass vor Schweiß ihre Kleider dampfen; ein unsichtbarer Dämon schwingt die Peitsche über seine Fronleute. Taran ist allgegenwärtig, bald schimpft er hier, bald flucht er dort. Große Gräben werden von oben weit um das ausgewaschene Becken gezogen und auf der Talseite mit Felsstücken befestigt. Wo nackter Fels zu Tage tritt, muss die Kanalisation mit Fellen und Lehmwehren geführt werden.

Gegen Abend ist diese Vorarbeit getan, aber sehr flüchtig und nicht sehr zweckdienlich. Wie Panides mit seiner Jagdtruppe zurückkehrt — ihre Jagdbeute besteht in einem Dachs und zwei Auerhühnern — da schüttelt er bedenklich den Kopf; denn aus vielen Ritzen und Lücken der Anlage rieselt das Wasser in das alte Bachbett hinunter. Man isst nur wenig vor lauter Übermüdung und legt sich dann hundemüde und schweigend zur Ruhe unter den schützenden Vorsprung einer Felswand. Noch vor Mitternacht erwachen alle von einem tosenden Gepolter: Der Damm ist gebrochen, und das entfesselte Wildwasser reißt nun Stück für Stück mit sich fort.

„So ungefähr hab' ich's mir gedacht!", gähnt Panides und schläft ruhig weiter. Die Jäger aber schlagen auf Tarans Befehl ein Feuer an und machen Nachtschicht ohne Kräfteverteilung, so dass sie beim Morgengrauen den Kanal zwar wiederhergestellt haben, aber vor Mattigkeit wie gelähmt dastehen. Panides will die Krieger in zwei Abteilungen einteilen, aber davon will Taran nichts wissen; die Geschichte geht ihm sowieso schon zu langsam. Gegen Mittag ist denn auch ein provisorischer Abstieg zum Becken fertiggestellt, und das Waschen des Goldes kann beginnen.

Das vom Wildbach ausgehöhlte Bassin führt einen Bodensatz von Sand und Geröll, der seit undenklichen Zeiten hier angeschwemmt, aufgewirbelt und teilweise — meist in den obersten Schichten — wieder fortgeführt worden ist. Bei diesem Vorgange sanken die schweren Metalle auf den Grund. Also muss das Gold auf der Sohle des Beckens gesucht werden.

Die fast spiralförmig eingefressene Höhlung verjüngt sich nach unten, wie es den Anschein hat; der Trichter ist natürlich noch mit Wasser angefüllt. Die Taraner gehen an die Arbeit, diesmal unter Anleitung des Griechen; denn die Jäger sind noch genügend mit Dauerproviant versehen. Die Männer steigen in das kalte Eiswasser der Aushöhlung, die an der Wasserfläche einen Durchmesser von vielleicht zwei Mannslängen besitzt, und schleudern das Wasser mit Holzgefäßen hinaus, bis sie auf die Schotterschicht kommen. Diese muss vorerst gesiebt und vom gröberen Geröll so befreit werden, dass nur noch der Sandbodensatz zurückbleibt. Und nun beginnt die Hauptarbeit: die Schlämmung der „Goldseife"! Ganze Töpfe voll von diesem Sand werden nach dem Kanal getragen, dort in eigens hierfür bereiteten Waschgefäßen von Holz mit Wasser geschaukelt und gerüttelt, wobei der schwere Metallstaub hinter den Leisten liegen bleiben muss. Panides leitet daneben zur Probe noch eine andere Art der Goldgewinnung: Das sand- und schlammhaltige Wasser wird durch einen längeren Holztrog mit Hindernisleisten gegossen, wobei sich das „Waschgold", mit feinstem Sande vermischt, hinter den Leisten ansammeln

muss. Gegen Abend werden diese Rückstände sorglich über Schaffelle gegossen, in der Weise, dass Wasser und Sand fortgeschwemmt werden, die Goldkörnchen und -stäubchen aber in der Wolle zurückbleiben. Die Augen der halberfrorenen Goldsucher weiten sich:
In den Fellen gleißt und flimmert etwas: Gold.
Diese goldhaltigen Widderfelle werden in einem großen Topfe „ausgewaschen". — Auf dem Boden zeigt sich eine hellgelbe Schicht, das Waschgold, noch mit feinem Sandreste vermischt. Diese Schicht wird in eigenen Topfen aufbewahrt — zur Ausschmelzung des Goldes!
Der Ertrag aber ist furchtbar spärlich: Panides berechnet das Ergebnis der bisherigen Arbeit auf kaum zwei Ringlein, aber die Männer sind begeistert; denn es ist Gold, wahrhaftiges Gold, und morgen soll der gehaltvollere Rest des Trichters ausgehoben werden.
Der folgende Tag ist tatsächlich ertragreicher.
Schon am Vormittage stößt Harduin beim Schlämmen einen entzückten Ruf aus: In seiner Hand glänzt ein Goldkörnchen von der Größe eines Wickekorns. Taran fährt drauflos wie ein Habicht auf die Taube, jauchzt auf wie ein Trunkener, tanzt und jubiliert wie ein Mädchen im fröhlichen Reigen. Solche Szenen wiederholen sich noch mehrmals während des Nachmittags, und am Abend hält der Taranerfürst eine ansehnliche Menge Waschgold in seiner Trinkschale.
„Wir müssen nicht vergessen", bemerkt Panides, „dass wir gleich zu Anfang die günstigste Stelle gewählt haben. Die Sache wird schwieriger werden, wenn wir die unzugänglichen Stellen ausbeuten wollen!"
„Wir geben nicht nach!", erklärt der Fürst mit feierlicher Entschlossenheit.

Aber schon nach wenigen Tagen melden sich mehrere freiwillig für die Jagd, und bald muss das Los entscheiden, wer zurückbleiben muss und wer zur Jagd gehen — darf!
Von diesem ersten Goldsucher-Auszug, der nach einem halben Mondjahr (= 2 Wochen) mangels Lebensmittel und infolge der stark mitgenommenen Geräte zu Ende geht, müssen ihrer drei gicht- oder hustenkrank heimgetragen werden. Der Zauber der ersten Neugier ist verflogen. Die Lust zur herrlichen Urwaldjagd und Fischerei lebt wieder mit aller Gewalt auf; aber Taran will nichts von Verzögerung wissen und lässt unermüdlich zum zweiten Auszuge rüsten. Das Ansehen des Stammeshäuptlings ist immer noch mächtig genug, um die freien Jäger zur Teilnahme zu zwingen; nur die Kranken dürfen zurückbleiben; stumm und mit verbissenen Zähnen ziehen sie aus, um für ihren Herrn zu frönen.
Die freien Männer der Wildnis und des Urwaldes sind zu Sklaven geworden, Sklaven des Goldes und der Gier nach ihm.
In einer stürmischen Vollmondnacht aber werden sie von einer Horde wilder Walliser überfallen, welche die Fremden erst als Eindringlinge und Diebe verfluchen und endlich in einen blutigen Kampf verwickeln. Die Taraner bleiben zwar Sieger, werden aber beständig umschwärmt und auch von den wilden Zwergvölkern bestohlen. Mit einem kläglichen Tütchen von Goldstaub, dafür aber geschwächt an Zahl und Gesundheit, ziehen sie zu Anfang des Herbstes in ihre Heimat zurück. Viele von ihnen sind krank, und für den Winter hat die spärliche Jagd nur schmale Kost besorgt.

Um den Goldschatz

Wie atmen die Jäger auf, als der heiße Südwind des Frühlings im Urwalde kracht; sie lechzen förmlich der belebenden Jagd entgegen. Aber Taran befiehlt die Rüstung zum dritten Zuge.
Eines Abends tritt Harduin zum Fürsten in die Hütte.
Er scheint etwas verlegen zu sein.
„Was willst du?", fragt sein Herr kurz.
„Fürst", entgegnet er demütig, „wir gehorchen dir in allen erlaubten Dingen, aber ..."
„Aber?", fährt der Häuptling auf.
„Das Goldwaschen reibt unsere besten Kräfte auf. Die Taraner bitten dich, sie wieder auf die Fährte des Wildes zu führen, sonst ... "
„Sonst?" Hochaufgerichtet steht der Fürst vor dem Krieger.
„Sonst ... sonst werden sie ..."
„Heraus damit!"
„Sonst werden sie — sterben oder den Gehorsam vergessen. Fürst, ich bitte dich ..."
Da erhält Harduin einen Hieb mit der Hundepeitsche.
Schweigend verlässt er das Fürstengemach.
Dumpf brütet Taran in seiner Hütte. Ist er wohl zu weit gegangen? Stammesgenossen sind nicht die Leibeigenen ihres Fürsten!
Da tritt Panides ein.
„Pack dich fort, Grieche!"
„Das würde dir wohl schlecht bekommen!"
„Mir? Wieso?"
„Gib mir dein Wort, dass du mich nicht verraten willst!"

„Ich gebe es dir! Nun?"
„Die Taraner haben beschlossen, einen anderen Fürsten zu wählen!"
„Tod und Verwesung!"
„Wahrscheinlich werden sie dich töten!"
„Schahatan! Mich, ihren Fürsten?"
„Nicht so laut, Fürst Taran! Wenn du abgesetzt sein wirst, stellen sie dich vor das Gericht der Jäger und klagen dich an!"
„Ha! Mich ... mich ... wessen klagt man mich an?"
„Des ungerechten Verkaufs von Frau und Kindern ... der Schuld am Tode vieler Stammesgenossen!"
„Blut und Rache! Wer ... wer ... wann haben die Schufte das geplant?"
„Gestern Nacht in geheimer Versammlung!"
„Ich werde die Hunde erwürgen lassen!"
„Noch eines, Taran: Dein Gold soll unwiderruflich im See versenkt werden; sie nennen es den bösen Dämon der Taraner! Sie glauben, nur durch seine und deine Vernichtung den Stamm noch retten zu können. Auch alle Weiber verfluchen dich!"
Da knickt der Riese merklich zusammen. Mit einem schweren Atemzuge sinkt er wie ein Greis auf seine Felle nieder.
„Panides, was rätst du mir?"
„Taran, fliehe! Es ist die einzige Rettung! Morgen ... hörst du, Fürst Taran! Morgen ist es zu spät!
Die Mörder sind bereits ausgelost. Du bist vogelfrei, Fürst Taran!"
„Vogelfrei! Verstoßen! Vom eigenen Blute!"
„Und noch ein letztes, Fürst Taran: verrate mich nicht, um deinetwillen! Denn sobald sie sehen, dass ihre Verschwörung dir

bekannt ist, werden sie über dich kommen, ehe du Gegenmaßnahmen ergriffen hast!"
„Vogelfrei ... vom eigenen Stamm!", lallt der Fürst nur wie geistesabwesend.
„Ich wüsste allerdings noch ein anderes Mittel als die Flucht!"
„Sprich, Panides!"
„Du übergibst ihnen das Gold!"
Ein Stöhnen ist die Antwort. Taran wirft unwillkürlich einen Blick voll Todesangst nach einer Ecke seines Gemaches.
Mit einem sieghaften Leuchten in seinen Augen verlässt Panides den armen Mann.
Dieser aber spricht mit sich wie ein Greis, der wieder zum Kinde geworden ist:
„Verstoßen ... verflucht vom eigenen Blute. Wohin soll ich gehen? Vom eigenen Blute! Ich habe gesündigt ... am eigenen Blute! Nein!
Giurda ist schuld. Sie allein! Sie hat mich so weit gebracht. Wohin soll ich gehen? Zu den Thurachern? Oh, dort sind ... nein, nein! Nicht zu den Thurachern! Horch! Kommen sie schon? Mein Gold, meinen Schatz muss ich retten! In den See wollen sie mit ihm! Sie sind wahnsinnig! Den Schatz will ich retten, und dann ..."
Auf allen Vieren schleicht der Alte in die Ecke, holt unter den Decken einen Topf hervor, blickt sich in der Dunkelheit scheu nach allen Seiten um, horcht wieder auf und leert den klirrenden Inhalt auf eine Felldecke. Diese rafft er zu einem Bündel zusammen, als wolle er einen Hund erwürgen, bindet dasselbe fest zusammen und verpackt es in ein größeres Fell, das er ebenfalls wie einen Sack umschnürt. Dann steht er auf und horcht wieder, schleicht zurück und schwingt den Fellsack auf seinen Rücken.

So verlässt der Taranerfürst seine Hütte und sein Stammesdorf. Nicht einmal an seine Waffen hat er gedacht; nur der Bronzedolch steckt noch in seinem Gürtel. Durch eine Wasserstiege schleicht er zitternd davon, dem Ufer zu, in den Urwald hinein.
Von ferne aber hört er das langgezogene Heulen eines Hundes. Oder ist es ein hungriger Wolf?
Wie ein Dämon des Urwaldes huscht der Alte dahin. Weit, weit weg vom Taranerdorf will er seinen Schatz vergraben, und dann ....
Plötzlich zuckt er auf:
„Wer ist hier?"
Alles ist still! Nur jener ferne Hund ....
Weiter und weiter schleicht er gen Osten. Mitternacht ist längst vorüber. Nur der unheimliche Ruf des Totenkauzes durchbricht noch die Urwaldstille. Jetzt will er ein wenig rasten; schweißgebadet lässt er sich nieder und springt sofort wieder auf. Es ist jemand hinter ihm! Oder ... ist's ein Fuchs?
„Wer ist hier?"
Keine Antwort!
Da fängt er zu rennen an; der Unheimliche hinter ihm soll ihn nicht einholen. Im Osten zeigt sich das erste Glühen — da ist er halb tot an der Wand des Bärenfelsens angelangt. Alles um ihn ist still, nur die ersten Vögel erwachen.
Schnell wirft er sich nieder, wühlt wie ein Irrsinniger das Geröll auf, verbirgt das kleinere Fellbündel und wirft die Grube wieder zu. Auf die durchwühlte Stelle wirft er trockenen Sand und Buchenlaub.
Ringsum Totenstille.
Mit einem erlösenden Atemzuge wischt er sich den Schweiß aus der haarverhängten Stirne und wankt fort — gegen Osten.

Und wieder steht er still:
„Ich will die Stelle noch einmal sehen, mir die Umgebung genau einprägen, an der Wand ein Zeichen anbringen — in der Nähe eine Zeitlang Wache stehen."
In gebeugter Stellung schleicht er lautlos zurück; es scheint ihm Vergnügen zu bereiten, mit seinem süßen Geheimnis zu spielen. Taran ist ein Kind geworden, ein Kind, das nur noch für seine Puppe lebt. Mit einem verstohlenen Lächeln der Befriedigung guckt er um die letzte Felsecke und ... bleibt wie zu Stein erstarrt.
Dort, an der Grabstelle, kauert Panides! Der Boden ist aufgewühlt, und in seiner schönen Frauenhand wiegt er leise singend das geheimnisvolle Bündel! Da — das Echo der Felswände verhallt im Urwalde!
Taran brüllt auf wie ein Bär, der zugleich von zwanzig Hunden gepackt wird. Ein einziger Sprung wirft ihn auf den Griechen. Der gewandte Athlet von Hellas windet sich wie eine Schlange. Aber der gewaltige Urjäger hat ihn um den Leib gefaßt, dass ihm die Atemnot die Zunge herauspresst und das Blut zum Stocken bringt. Einem Ertrinkenden, einem Gehängten gleich starrt der Umschlungene mit irrem Blicke der Verzweiflung, nach Atem schnappend, auf seinen fürchterlichen Gegner, der ihn mit gekrümmtem Nacken immer enger presst ... aber da ....
Wie hilfesuchend streckt Panides die Arme empor und legt sie zuckend um den rotgeschwollenen Stierennacken des Taraners. Umsonst! Ein Kinderspiel! – Jetzt ... mit der letzten Verzweiflung des besiegten Athleten legt er ihm die Hände an die Schläfen, ein letztes Aufbäumen des schlangenhaften Körpers und ...
Was ist geschehen?

Tarans Brüllen fährt wie Sturmgeheul durch den Urwald. Mit einem einzigen Zucken löst sich die furchtbare Umklammerung. Der Grieche hat dem Taranerfürsten mit den Daumen beide Augen eingedrückt. Auf allen Vieren kauert er dort und brüllt.
Panides hat sich samt dem Schatze fortgewälzt und schnappt am Boden wie ein Fisch auf dem Trok- kenen. Wie er sich zur Not erholt hat, lässt er sich über den steilen Abhang hinabgleiten und richtet sich an einem Stamme auf:
„Taran!"
Nur ein grölendes Stöhnen ist die Antwort.
„Taran! Schau her, wie die goldene Schale glänzt!"
Von oben ist ein Ton zu hören wie der Todesschrei eines Hundes, der vom Bären mit einem einzigen Bisse zermalmt wird.
„Taran! Deine Genossen wollten mit dir auf die Goldsuche, aber ich wollte dein Gold haben. Deshalb bin ich dir dankbar, dass du an die Verschwörung geglaubt hast!"
Droben ist es stille geworden, nur der Morgenwind flüstert in den Zweigen.
„Fürst der Taraner! Nun ist meine Rache vollendet. Giurda hat mich verschmäht! Dafür habe ich ihren Mann zu einem verkrüppelten Hund gemacht!"
Da erhebt sich der Blinde, zittert wie eine Eichenkrone im Frühwind, und tastet nach einem Halt. Endlich erwischt er einen Föhrenast und hält sich daran:
„Panides! Sage das noch einmal! Das von Giurda! Ich habe falsch gehört, Panides. Sage es mir noch einmal, langsam, laut und deutlich!"
„Gern, mein Freund: Giurda hat mich verschmäht! Sie ist rein wie die junge Blüte, wenn sie die Knospe gesprengt hat! Sie

war dir treu wie das Morgenrot dem Tage! Hast du mich verstanden?"

Dort am Felsen steht Taran, der blinde Fürst. Aus seinen Augenhöhlen trieft Blut und Wasser in den wilden Bart hinab. Wie ein gefangener Löwe am Gitter seines Gefängnisses bewegt er den Kopf hin und her, als müsste er etwas sehen. Plötzlich streckt er seine Hand aus:

„Ihr Vögel des Waldes, schweigt still! Denn es gibt keinen Morgen mehr! Ihr Tiere der Finsternis, kreucht aus dem Boden hervor; denn es ist ewige Nacht!"

Es scheint wirklich stille geworden zu sein, auch der Morgenwind hält seinen Atem an, als wollte er horchen ... hohl, wie aus dem Innern der Erde, stöhnt die Stimme des Rufers über den Urwald hin:

„Ich sehe alles! Schahatan ist heraufgestiegen durch die Klüfte der Berge. Auf seiner Stirne leuchtet das Diadem des Todes! Hadaman hat sein Gold angenommen, und es ist ein großes Weinen auf Erden! Begrabt die Neugeborenen, dass sie nicht schauen das Metall des Todes. Erwürgt die Mütter, wenn sie empfangen haben! Panides! Bist du noch da?"

„Ja, höre, mein Freund, wie die goldene Schale klirrt!"

„Panides! Deine Seele sei gesegnet mit dem Dämon der Umnachtung. Die Würmer des Urwaldes sollen in dein Gehirn kriechen, Panides! Nicht Regen, noch Tau soll fallen, wo du deinen Fuß hinsetzest! Kein Baum gewähre dir die Labung seines Schattens, und wenn du dich über die Quelle beugst, um zu trinken, so weiche sie zurück in die Erde vor Panides, dem Schahatan von Hellas; denn er hat verleumdet die Blume vom Jurachersee!"

Der Grieche hat sich mit seinem Raube davongemacht!

Taran ist allein!

Mit zitternden Fingern sucht er noch den Tau der Pflanzen, um seine brennenden Augenhöhlen zu kühlen.
In der Ferne hört man Jagdhörner. Sie scheinen näher zu kommen.
Aber es wird Mittag und Abend!
Taran sieht nicht mehr das herrliche Abendrot, das die frühlingsfrische Natur verklärt, sieht nicht mehr die Diadem gekrönten Berge Helvetiens, welche so still und rein, so unnahbar und königlich über die Gefilde der Heimat herüberstrahlen. Wie ein weinendes Kind liegt er am Boden und hält die brennenden Hüllen seines Augenlichtes auf seinen Arm gedrückt. Eine nächtliche Kühle weht über ihn her. Da hebt er sein schrecklich verwüstetes Haupt empor:
„Jetzt müssen die Sterne ausgehen! Für mich leuchtet keiner mehr! Giurda! Giurda!"
Die Hörner kommen näher und näher; im Dunkel des Urwaldes tauchen Fackeln auf. Es sind Thuracher, deren Hunde die Spur eines schon stark schweißenden Wolfes aufgenommen haben. Merkwürdigerweise scheint dieses Raubtier einer Menschenspur zu folgen, welche sich nach den Bärenfallen hinaufzieht. Gegen Mitternacht kommen sie dort an. Hier zeigt sich ihnen ein Bild, wie es sich selbst die Phantasie eines alten Jägers nicht auszudenken vermag: auf dem Körper eines anscheinend toten Menschen kauert die halbtote Bestie und leckt ihm das sickernde Blut aus den Augenhöhlen. Es muss ein Kampf vorausgegangen sein; denn die Kleider des Mannes sind zerrissen, und er blutet aus mehreren Bisswunden.
„Der Schrat!", ruft ein Jäger entsetzt.
Warwin geht vor und schmettert dem alten Einsiedlerwolfe den Speer in die Flanken.

„Kommt her! Mir scheint, der Mann lebt noch. Ha! Ist's möglich? Fackeln her! Hier liegt ... bei allen Geistern der Nacht! Hier liegt der Taranerfürst!"

„Wahrhaftig", erklärt nun auch der alte Thuracherfürst. „Hier liegt der tolle Hund vom Jurachersee — lassen wir ihn liegen!"

„Nein!", ruft Warwin, der vor seinem Todfeinde niedergekniet ist. „Er lebt noch! Sein Puls geht gut! Wir nehmen ihn heim. Giurda mag entscheiden, was mit ihm zu geschehen hat!"

„Du hast recht, Warwin! Giurda würde vielleicht betrübt sein, wenn wir ihren einstigen Gemahl hier liegen und verenden ließen wie einen Hund! Wir nächtigen hier! Jäger, packt aus, schlagt ein Feuer an und macht's euch so bequem als möglich!"

Man wäscht dem Blinden die Augen aus, man schüttet ihm Wasser ins Gesicht und gibt ihm zu trinken. Gegen Morgen schlägt er unter der kundigen Pflege Warwins die Augenhöhlen auf:

„Wird's noch nicht bald Tag?", fragt er wie im Traume.

„Es wird nie mehr Tag, Fürst Taran!"

„Nie mehr! Nie ... nie mehr! Ewige Nacht! Wer seid ihr?"

„Wir sind Thuracher — auf der Jagd nach einem Werwolf in dein Gebiet geraten. Wie kommst du hierher? Was ist geschehen?"

In unzusammenhängenden Sätzen, halb irre, berichtet der Unglückselige; doch die Thuracher erfassen den Zusammenhang:

„Panides!", fährt Warwin auf. „Nun hat er keinen Schuh mehr bei den Jägern am Jurasee! Panides! Auch dein Tag schwindet der Nacht entgegen. Gerwar und Thorger! Begleitet mich mit den zwei besten Spürhunden; wir setzen ihm nach! Ihr andern bringt den Blinden zum Thuracherdorfe! Ist es dir so recht, mein Fürst?"

„Ja, so sei es! — Macht eine Bahre!"

Warwin macht sich mit seinen zwei Genossen sofort auf die Jagd nach dem Goldräuber. Erst lässt er die Hunde an dem zurückgelassenen größeren Fell „Fühlung" nehmen, dann steigen sie über den Abhang hinab, nach der Stelle, wo Panides nach Angabe Tarans noch längere Zeit gestanden haben muss.

Die Schürfeindrücke am schüssigen Hange sind noch leicht zu erkennen; aber welche Richtung hat der Grieche von hier ausgenommen? Da ist guter Rat sehr teuer; denn die Spur ist für die Hunde nicht mehr wirksam. Gerwar und Thorger sind ebenfalls am Ende ihrer Weisheit. Aber der „schleichende Tod", für den das Leben nur zu oft von einem getretenen Grasbüschel, von einem geknickten Halm abhängt, lässt ein leises Lächeln um die Mundwinkel spielen:

„Glaubt ihr, dass Panides nach Osten ging?"

„Nein! Er will mit dem Raube heim, nach dem Süden!"

„Welchen Weg wird er da genommen haben? Etwa durch den Urwald über die Alpen?"

„Unsinn!"

„Welcher bleibt also noch?"

„Der Handelsweg — der Aare entlang!"

„Wird er zu Fuß gegangen sein?"

„Er hat doch keine andere Wahl!"

„Warum nicht? Die Taraner gaben ihm gewiss ein Lastpferd!"

„Die Taraner?"

„Natürlich! Sie wissen ja noch gar nichts von seiner Tat am Bärenfelsen! Er brauchte ihnen nur weiszumachen, dass der Fürst für irgendetwas eines Pferdes bedürfe; um eine Lüge wird er kaum verlegen gewesen sein! Machen wir die Probe!"

Sie ziehen gegen Westen und kommen schon gegen Abend zum Taranerdorfe. Dort bietet sich ihnen eine ungeahnte Überraschung: Panides hat nach Aussagen der Weiber soeben die Siedlung verlassen — und zwar mit einem schwerbepackten Proviantpferd! Warwin klärt die Leute nicht auf, um keine Zeit zu verlieren, und nimmt sofort die Richtung, welche der Grieche eingeschlagen haben soll. Nach kurzem

Suchen finden sie die Stapfen der Hufe, aber merkwürdig: Sie führen wieder schräg zurück, in die Jura- berge hinein.

„Was soll das?", fragt Thorger verwundert. „Er will doch heim?"

„Gewiss! Aber meinst du, dass er das Gold mit sich zu den Taranern geschleppt hat?"

„Sicher nicht! Ah! Er hat es in den Bergen versteckt!"

„Richtig!" stimmt Warwin bei. „Daher sein Zeitverlust! Nun ist er uns sicher. Frisch voran!"

Die Spur ist ganz frisch; sie steigen ihr nach, die Halden empor, und dann in eine wilde Schlucht hinein. Wie die drei um eine Kante gehen, prallt der voranschreitende Warwin zurück und gibt mit der Hand das Zeichen des Schweigens:

„Wartet hier! Da vorne steht das Pferd des Griechen; er muss in der Nähe seines Schatzes sein — wartet hier!"

Warwin rückt allein vor, leise und vorsichtig. Nach einiger Zeit hört er das Tosen eines Wasserfalles; die Schlucht wird immer enger; endlich steht er vor der rauschenden Kaskade.

Von Panides keine Spur!

„Schahatan! Ist der griechische Marder in die Erde gekrochen?"

Ringsum steile Wände!

Der Jäger geht wieder zurück, sorgfältig den Boden musternd: „Welch ein Büffelkalb bin ich gewesen! Hier sind ja gar keine Spuren mehr! Der Grieche hat aus irgendeinem Grunde die Schlucht wieder verlassen! Soll er mir nochmals entrinnen?"
Der Enttäuschte knirscht mit den Zähnen.
Beim Pferde angekommen bückt er sich nieder und bemerkt sofort, dass die Fußspur nach dem Bache seitwärtsgeht und dann ....
„Ah! Dort durch jenen Felskamin könnte man hinaufklettern", folgert er für sich. „Aber, wenn er dort oben auf der Zinne lauert, was ich nun vermute, so würde er uns einen nach dem andern empfangen können! Der Kerl ist wirklich ein Dämon der List! Aber versuchen wir gleich ein Gegengift:
„Hujoh!", ruft er die Gefährten an.
„Hujoh!", tönt es zurück.
„Er ist nicht in der Schlucht! Wahrscheinlich ist er durch das Bachbett gelaufen", ruft Warwin mit halblauter Stimme, aber doch so, dass es der Grieche hören muss, wenn er dort oben auf der Lauer ist. „Wir müssen dem Bache entlang zurück und nach Seitenspuren suchen!"
„Warum sollte er das getan haben?", forscht Gerwar ahnungslos.
„Er hat uns jedenfalls von der Höhe aus bemerkt und sucht uns auf diesem Wege zu entkommen!"
Damit gibt Warwin seinen Genossen einen geheimen Wink und geht ihnen durch das Bachbett voran. Wie er sich außer Sehweite befindet, wendet er sich hastig zu ihnen:
„Schnell im Jagdfluge nach der Morgenseite des Felsens, ehe er seinen Posten verlassen hat! Sobald er sich sicher fühlt, steigt er am Felsen wieder herunter und flieht mit dem Pferd.

— Ich selber steige hinauf. Falls ich einen Hornstoß gebe, lasst ihr die Hunde los!"
Mit der Gewandtheit eines Berghasen schnellt der Jäger durch die Steinhalde zum Felsen empor.
Vorsichtig, auf allen Vieren, nimmt er die oberste Kuppe. — Ah! - - Dort liegt ein Mann mit dem Kopfe über der Kante! Der Helwehner legt einen Pfeil auf und nähert sich dem Beobachter von hinten:
„Panides, hast du Brechreiz?"
Wie eine getroffene Wildkatze schnellt der Liegende auf und erkennt sofort die Gefährlichkeit seiner neuen Lage.
„Was willst du?"
„Dich!"
„Weshalb? Ich habe dir nichts getan!"
„Panides! Noch höre ich das Kindergeschrei des brennenden Dorfes! Die Gemordeten stehen hinter mir!"
„Ich habe keinen von euch getötet!"
„Kurze Worte, Panides! Ich hätte dich jetzt von hinten erdrosseln können wie einen räudigen Hund. Aber ich bin kein heimtückischer Meuchler wie du. Im ehrlichen Kampfe will ich mit dir ringen. Willst du mit oder ohne Waffen?"
Der Grieche sieht sich um: hinter ihm der Felsabsturz, vor ihm der unversöhnliche Todfeind und ... dort tauchen die zwei Thuracher mit ihren Bluthunden auf.
„Gut", sagt er mit einem heimtückischen Blick. „Kämpfen wir ohne Waffen!"
Warwin wirft seine Waffen weg, der Grieche ebenfalls — aber der fein beobachtende Helwehner weiß ganz genau, dass Panides unter dem Wams seinen Dolch verborgen hält.
„Ich habe meinen Dolch weggeworfen, dort liegt er! Wo ist der deine?

„Ich habe keinen!"
„Ich will dir glauben! Wenn du mich besiegst, so bist du frei! Komm heran!"
„Komm du zuerst!"
„Also gut, Panides! Du hast jetzt einen Hintergedanken und wirst daran zugrunde gehen. Passauf!"
Warwin hat sich gebückt und springt ihn scheinbar ungeschickt an. Panides zuckt mit der Rechten nach dem Gürtel — dies ist seine Blöße; denn er erhält von unten herauf einen unparierten Fauststoß mit der Linken ins Gesicht, dass ihm die Oberlippe springt und die Nasenflügel reißen.
„Verräter!"
Warwin ist augenblicklich zurückgeschnellt, hat nun ebenfalls den Dolch aufgerafft und sich mit dem Rücken an einen Stamm gestellt.
In namenloser Wut schnellt der Grieche heran, erhält aber einen so fürchterlichen Fußtritt in den Magen, dass er mit einem stöhnenden Schrei zu Boden fliegt. Sofort ist sein Gegner über ihm, erhält zwar noch einen Streifstich in den linken Oberarm — aber der eigentümliche Zweikampf ist bereits entschieden: Der „schleichende Tod" hat seinem Opfer mit dem Knie die Luft abgeschnitten.
„Leinen herbei! Wir müssen ihn lebendig haben!"
In ein paar Augenblicken sind dem Griechen die Arme über den Rücken gefesselt. Er schnappt nach Luft und beißt um sich wie ein gefällter Wolf. Warwin stellt ihn auf. Wie eine Jammergestalt steht er da, aber seine Augen glühen von einer wahrhaft dämonischen Wut:
„Was ... was wollt ihr von mir?"
„Erstens den Goldschatz! Wo ist er?"

„Ah ... mein Gold! Mich habt ihr, aber nicht mein Gold! Es ist verloren für alle Ewigkeit!"

„Wir werden es finden!"

„Sucht ... sucht! Es ist nicht weit von hier!"

Jubelnder Hohn klingt aus seinen Worten.

Sie suchen tatsächlich den ganzen Tag, am Abend noch bei Fackelschein, am Morgen beim Frührot — umsonst. Panides, der an einen Stamm gebunden ist, singt griechische Lieder dazu. Da lässt ihn Warwin mit Ruten streichen, schüttet ihm ein Nest von roten Ameisen in die Kleider und bindet ihn so, dass er stundenlang kein Glied bewegen kann

„En te Helladi kale ...", singt der Grieche dazu, als tanze er im Olympischen Reigen. Sein Körper scheint so gefühllos zu sein wie seine Seele.

„Du hast keine Marter, borstiges Wasserschwein, mir mein Geheimnis zu entlocken!", höhnt er.

„Und wenn ich dich — blende?"

„Dann soll mein Geist in einen Igel fahren!"

Da wird der Verbrecher totenblass; er drückt die Augen ein, wie um nachzudenken.

„Du verschwendest deine Mühe, Helwehnerhund!", knirscht er dann. „Ob ich für die kurze Zeit, die du mich noch leben lässt, blind oder sehend sei, bleibt für mich gleich — komm her, ich heule nicht!"

„Ich bin kein Raubtier wie du! Binden wir ihn an den Schweif des Pferdes und einen Hund an sein Bein; wir kehren zurück!"

So geschieht es. Drei Tage folgt Panides mit gebundenen Händen seinem Lastpferd durch Urwaldgestrüpp, über Sumpf und Stock und Stein. Während dieser Zeit erhält er keine Speise.

Gold für Wasser

Der Einzug im Thuracherdorfe bildet ein wahres Volksfest!

Panides gefangen!
Ein toter Bär, der soeben eingebracht wurde, findet gar keine Beachtung mehr; alles umgafft und bewundert den bereits sprichwörtlich gewordenen Schmuckhändler von Hellas, den unheimlichen Dämon vom Jurasee.
Da drängt sich eine wahre Geistergestalt durch die Menge.
Panides zuckt unwillkürlich zusammen. Der „Blutige" steht vor ihm:
„Über die winterliche Steppe verkündet der Wolf sein Lied des Hungers — da fand er einen sterbenden Menschen! Die Raben fasten am Wege und schlugen am gefrorenen Kleide der Erde die Schnäbel stumpf — da sahen sie den gestürzten Geier und hackten ihm die Augen aus. Die Rache hat ihr Grab gesprengt und sich mit dem Fluche vermählt!"
„Fort mit dir, du röchelnder Hund!"
„Schahatan ist durch die Schluchten gefahren zur nächtlichen Geisterstunde. Die Hörner der Nachtsonne sind sein Diadem und die Sterne des Himmels seine Halskette; aber der goldene Reif schwindet und die funkelnden Lichter streichen ab wie Sternschnuppen!"
„Löse mir die Fesseln, krächzender Rabe, und dann streckt Panides dein Fell zu Riemen! Befreit mich von diesem Schafskopfe, oder ich fange zu beten an!"

Panides bekommt zu essen; der Alte hat sich zu ihm gesetzt und bedient ihn: Ganze Rehkeulen mit feinster Waldwürze verschwinden nach und nach zwischen den weißen Zähnen des hungrigen Griechen. Nach dem Mahl wird er aufrecht an einen starken Pfahl der Häuptlingshütte gebunden. Der alte Knochenmensch flößt ihm eine prickelnde Brühe zwischen die Lippen und schüttet einen ganzen Topf voll gegorenen Gerstensaft nach.
Der Grieche weiß nicht, was das alles zu bedeuten hat!
Er wird es bald genug zu fühlen bekommen!
Neben ihm sitzt der „Blutige" und singt die Totenraunen:
„Singet die Klagen, ihr Weiber,
Die Liebe ging sterben,
Grusnelda, die Schöne, ist tot.
Bringet die Gaben, ihr Töchter,
Die Gaben der Toten:
Den Samen der Wicke, der weißen Narzisse,
Das Töpfchen mit Wasser, zu laben die Blumen Im Gärtchen der Totengefilde.
Schützet das Köpfchen mit steinernem Kranze,
Nicht drücke die Erde das wonnige Haupt!
Beuget ihr Ärmchen zur lieblichen Wange,
Die Füßchen zum Schlafe:
Grusnelda, die Schöne, ist tot!
Schlafe, Grusnelda, im Lande der Toten,
Bis deine Narzissen aufgehen!"
Um den Gefangenen wachen die Bluthunde; auch der „Blutige" drückt kein Auge zu. Noch niemand will ihn schlafend gesehen haben.
Gegen Morgen erwacht Panides durch ein schmerzendes Durstgefühl:

„Bringt mir Wasser! Wasser!"
„Das Töpfchen mit Wasser, zu laben die Blumen. Im Gärtchen der Totengefilde...", singt sein unheimlicher Wächter, wie aus einer Tonröhre.
Da tritt Warwin mit einer Schale frischen Wassers aus seiner Hütte und stellt sie vor den Gefesselten hin:
„Panides, diesen Trunk Wasser gebe ich dir für den Goldschatz!"
„Bist du wahnsinnig?"
„Also nicht ... noch nicht, Panides!", sagt der Fürstensohn gleichmütig und geht wieder. Die Schale aber hat er vor den Augen des Griechen stehen lassen.
„Hast du Durst?", fragt der Alte mit weicher Stimme.
„Ja, Vater, gib mir zu trinken!"
„Du sollst zu trinken haben, mein Sohn!", spricht er und holt aus seiner Hütte wieder jenen Topf mit der würzigen Brühe.
Panides trinkt, trinkt mit gierendem Stöhnen, nur um etwas Flüssiges, Kühlendes zwischen die heißen Lippen zu bekommen.
Und der grässliche Durst nimmt zu!
„Sprich nur, mein Sohn, wenn du wieder trinken willst; ich hole es dir jedes Mal!", ermuntert ihn der „Blutige".
„Gib mir von jenem Wasser dort, Vater!"
„Das ist nicht gesund für deinen Seelenzustand, mein Sohn! Du könntest leicht eine Erkältung holen!"
Panides lässt ein hustendes Stöhnen hören.
Der alte Krieger aber ist wie ausgewechselt. Die Starre seiner Augen scheint gelöst und in seiner Miene liegt ein Zug von unendlicher Milde.
Am Vormittag fängt es zu regnen an; von den Schilfdächern fallen die Tropfen mit eintönigem Tippen vor Panides nieder,

auf ihn fällt keiner, und draußen kräuseln sich die Wasser des Thursees bis in verschwindende Fernen. Oh, so viel Wasser! Wie oft müsste man die hohle Hand füllen, um aus dieser Unendlichkeit zu erschöpfen. Eine Handvoll Wasser, kühlendes, frisches Wasser und dann sterben!
Da kommt Warwin mit einer Schale daher und öffnet dem Griechen mit einem scharfgeschliffenen Lanzett-Messerchen eine Vene des linken Handgelenkes. — Das Blut rieselt und tröpfelt nieder wie die Regentropfen.
Den Göttern sei Dank, jubelt es in der Brust des Gepeinigten — und endlich, endlich kann ich sterben!
Nein! Gegen Mittag ist die unterstellte Schale gefüllt und der Alte verbindet ihm den kleinen Schnitt mit der Sorgfalt und Liebe einer Mutter.
„Nicht verbinden, Vater! Lasst mich sterben! Öffne mir die Halsader! In meinen Gedärmen wühlen Wespen und Fleischmaden."
„Was denkst du, mein Sohn? Wir müssen dein kostbares Leben erhalten! Willst du trinken?"
„Nein ... ja doch! Nur ein klein wenig!"
„Hier, mein Sohn!" Und der „Blutige" reicht ihm mit priesterlicher Sorgfalt die Schale der scharfen Fettbrühe hin.
Am Nachmittag hört der Regen wieder auf, und eine wonnige Frühlingssonne verherrlicht die Gestade des Thursees — ihr Widerschein liegt blitzend über der frischbelebten Flut und blendet das Auge. Panides senkt die Wimpern: diese Pracht kann er nicht schauen; das dort — wie das gleißt und schimmert und prunkt. Wie, wie — oh, noch unvergleichlicher als der Goldschmuck in der fernen Juraschlucht! Wenn er jetzt eine Handvoll jenes Schimmers dort draußen kaufen könnte — eintauschen für die goldene Schale! Er hätte ja noch genug!

Der Gemarterte schließt die Augen und trinkt im Geiste von jener Flut, stürzt sich hinein und wälzt sich darin wie von Bienen verfolgt.
„Warwin! Warwin!"
Der Gerufene kommt:
„Was wünscht Panides?"
„Warwin! Ich gebe dir die goldene Schale für so viel Wasser, als sie zu füllen vermag!"
„Das Wasser ist kostbarer als Gold! Du gibst mir den Goldschatz für jene Schale Wasser dort, oder du wirst weiter dürsten!"
„Bis deine Narzissen aufgehen!", trällert der alte Wächter.
„Dann sei verflucht!", rast der Gemarterte. „Nicht ein Lot sollst du haben, Helwehnerhund; Panides wird sterben und den Schatz wird keines Menschen Auge schauen! Ich will den Atem anhalten und ersticken!"
Er versucht es wirklich, aber nach einer Weile platzt die heiße Luft wie aus gesprengtem Brustkasten.
„Grusnelda, die Schöne, ist tot!", klingt es neben ihm. „Das Töpfchen mit Wasser, zu laben die Blumen ..."
Auf dem Pfahlrost vor der nächsten Hütte liegt ein Stück verfaultes Holz, noch ganz vom Regen durchnässt.
„Vater!"
„Ja, mein Sohn?"
„Nimm dort jenes faule Holz und stoße es mir in den Mund!"
„Wozu, mein Sohn?"
„Ich will es mit den Zähnen auspressen, will die Fasern zermalmen. Meine Zunge will ich kühlen, meine Augen schließen vor Wonne!"
Der Alte hebt das Holz auf und fuchtelt damit dem Gefesselten vor dem Gesichte herum:

„Das ist Eibenholz, mein Sohn! Daraus verfertigt man Bögen und biegsame Stöcke; es muss aber sehr trocken gewachsen sein! So ein alter Eibenstock kann seine dreihundert Jahre alt werden. Wie alt bist du, Panides?"
„Sechsunddreißig!"
„Du hast noch eine schöne Zeit vor dir! Benutze sie gut; denn die Tage der Jugend kehren nicht wieder! Ich bin zwar auch erst hundertsechs Jahre alt, aber die Zeit der ersten Liebe wird doch bald dahin sein; und wenn ich einmal alt bin, werde ich nur noch Kinder wiegen und ihnen erzählen von Schahatan und seinem Golde — kennst du die Sage, wie das Gold zu den Menschen kam?"
„Oh, Vater, gib mir ein Stücklein von deinem Holze, nur eine kleine Faser — lass mich nur einmal daran lecken, nur an jenem faulen dort!"
„Gut, mein Sohn! Sieh her! Reicht deine Zunge bis da heran? Nicht ganz! Noch etwas mehr — beinahe! Panides, deine Zunge ist sehr glatt und spitz, allerdings etwas belegt ...Hast du Fieber? Da könntest du dich erkälten! Ich will neben dir ein Feuer machen, das dich warmhalten soll!"
Und wirklich: der Alte holt Kohle vom nächsten Hüttenherde, legt sie zu den Füßen des Griechen nieder und wirft grünes Tannenreisig darauf. Der Rauch steigt dem Gebundenen in die Luftröhre.
Panides fängt leise und trocken zu husten und dann zu wimmern an, seine Farbe ist aschgrau, seine Züge verraten erwachenden Wahnsinn. Und der Alte begleitet die Schmerzenstöne des Gefolterten mit dem Liede von der schönen Grusnelda:
„Singet die Klagen, ihr Weiber,
Grusnelda, die Schöne, ist tot ..."

Der Abend sinkt leise hernieder auf den strahlenden See. Da kommt ein Zug schöner Mädchen zwischen den Hütten hervor, von Withura geführt; Blumenkränze schmücken ihr schwellendes Haar, und jede trägt einen Krug. Sie gehen zur Wassertreppe, füllen die Gefäße und ziehen in feierlichem Zuge um die Hütte herum, wo Panides gefesselt steht; ein melancholisches Fischerlied tönt leise von den schönen Lippen. Jetzt machen sie vor Panides halt, führen lachend und scherzend einen Reigen auf und bespritzen einander lustig auflachend mit dem Wasser. Kleider und Boden werden nass, aber auf den armen Mann am Pfahl fällt kein Tröpflein. Kaum ist diese Szene vorüber, so jagt eine Rotte wilder Buben daher und mit jubelndem Übermute stürzen sie sich ins Wasser, dass es hoch aufspritzt. Wie das schäumt und sprudelt und klatscht ...

„Panides, will du essen?", fragt der Alte teilnahmsvoll dazwischen.

Der Gefragte gibt keine Antwort; seine Augen starren geweitet in die Ferne, als sähen sie dort etwas Unheimliches, Furchtbares; seine dürre Zunge liegt zwischen den Zähnen und seine offenen Lippen bewegen sich leise, als gäbe ihm jemand zu trinken. Da kommt etwas von seinen Lippen, so furchtbar, so entsetzlich, dass die Spielenden innehalten und ihn im Kreise umstehen.

Es ist stille geworden wie im nächtlichen Urwald!

Das war kein Schrei, kein Geheul, kein Gebrüll — das war etwas dem menschlichen Ohre ganz Fremdes!

Da schauen die Weiber von den Hütten herüber und — der Alte singt weiter:

„Bringet die Gaben, ihr Töchter,
Die Gaben der Toten ..."

Aus einer nahen Türe aber dringt das irre Phantasieren Tarans: „Auf seiner Stirne leuchtet das Diadem des Todes. Begrabt die Neugeborenen, dass sie nicht schauen das Metall des Todes. Nicht Regen, nicht Tau soll fallen, wo du deinen Fuß hinsetzest! Kein Baum gewähre dir die Labung seines Schattens ... und wenn du dich über die Quelle beugst, um zu trinken, so weiche sie zurück in die Erde vor Panides, dem Schahatan von Hellas! Denn er hat verleumdet die Blume vom Jurasee."

Aber vom Pfahle her tönt es noch ganz anders: „Verflucht sei meine Mutter, die mich geboren! Verdorren soll ihre Hand für die erste Lüge, die sie an mir nicht gestraft. Wölfe sollen ihr Herz ausgraben und in die Wälder verschleppen, weil sie mich zu sehr geliebt. Unsichtbarer, du bist nicht Phantasie! Du bist! Lass sie im Grabe erwachen zum ewigen Grauen. Lass sie schauen die olympischen Gefilde der Toten und nicht eintreten! Glühe aus ihre Zunge an den Gestaden der Edenquellen für das Lächeln, das sie tat, da sie den Neugebornen in die Arme nahm. Verflucht sei mein Leben und mein Ende! Warwin! Warwin!"
„Ich höre!"
„Der Schatz liegt in der Schlucht, wo mein Pferd stand, gerade unter seinen Hufen! Gib mir Wasser dafür — einen Trunk Wasser!"
„Nicht ich! Jemand anders will dir das Wasser reichen, Panides!"
Aus dem Fürstengemache tritt — Giurda, die Taranerfürstin, mit einer Trinkschale. Ihr zur Seite geht Withura mit einem gefüllten Wasserkruge. Giurda reicht dem Zerstörer ihres Glückes die gefüllte Schale hin:
„Trink, Panides! Dein Unglück hat mich ausgesöhnt!"

Mit stierem Blicke saugt der Grieche stöhnend eine Schale um die andere leer und hängt dann schlaff am Pfahl. Warwin tritt vor ihn hin:
„Panides! Ich weiß, dast du jetzt die Wahrheit gesprochen hast. Aber auch wenn du gelogen hättest, würdest du den Thuracherjägern nicht entrinnen. Das Gericht der Jäger wird dein Urteil fällen!"
Damit schneidet er ihn los, und der Gefolterte fällt zu Boden.
Noch am nämlichen Tage zieht Warwin mit einem Trupp Jäger aus, um den Schatz zu holen.
In drei Tagen wollen sie wieder hier sein.
Am nächsten Morgen ist Panides verschwunden.
Auch der Alte bleibt unsichtbar.
Sofort nimmt der Fürst mit einer Koppel von Bluthunden die Spur des Flüchtlings auf. In einem niederen Tannenschutze findet er beide, eng umschlungen; sie haben sich gegenseitig erwürgt ... Metall des Todes!
In den Urwaldkronen raunen die Rachegeister die Runen des Todes. Keiner von den Schmuckhändlern kehrt nach dem Süden zurück, wo Lorbeer und Palmen rauschen.

Die Vernichtung des Dämons - Ein Fund von 1906

Am dritten Abend kommen die Jäger zurück. Sie bringen den Goldschatz. Natürlich wird er vorgezeigt und bestaunt als ein Wunder der Welt.
„Wem gehört er?", fragt Warwin den Fürsten.
„Dir allein!" sagt der Thuracherfürst kurz und entschieden, aber es scheint ihn doch etwas zu würgen.
„Ich bin damit nicht zufrieden!"
„Nicht? Was willst du noch?"
„Den Goldschatz der Thuracher, nämlich deine Tochter!"
„Du sollst diesen Schatz haben, Warwin, aber lass ihn dir nicht stehlen!"
„Sei unbesorgt, mein Fürst. Withura, bist du einverstanden?"
„Erst eine andere Frage: Welchen Schatz hast du lieber, Warwin?"
„Den vom Thurachersee!"
„Gut! Ich nehme dich beim Wort! Hier meine Hand!"
Eine stille Mondnacht zieht herauf. Alles ist still; nur die Hunde heulen einander von fernen Gestaden zu.
Aus dem Häuptlingsgemache tritt eine weiße Gestalt: Withura! Leise wie eine wandelnde Wassernixe schwebt sie nach der Hütte ihres Bräutigams, aber nicht, um ihm schon vor dem Hochzeitstag den weißen Blumenkranz zu bringen, der ihr schwellendes Haar ziert; denn nach wenigen Augenblicken kommt sie ebenso lautlos wieder heraus. Auf ihrem Rücken trägt sie ein Bündel: den Goldschatz, den sie heimlich geholt hat.
Keine Seele hat eine Ahnung von ihrem Vorhaben.

Sie geht nach der Wasserstiege, löst einen Einbaum los und stellt das Steuerruder ein. —
Lautlos gleitet ihr Fahrzeug in den weiten See hinaus.
Ein strahlender Mond durchsilbert die leichten Milchnebel, die über der glitzernden Fläche träumen. Weither heulen die hungrigen Hunde über den See; sonst ist alles still, so still, dass die schöne Thuracherin die Stöße ihres klopfenden Herzens hört.
Nun hält sie inne und sinnt einen Augenblick. Mit einem plötzlichen Ruck steht sie auf und steigt mit dem Schatze auf den Fischkasten, der beim Einbaume dem Vorderteil eingebaut ist. Feierlich enthüllt sie die Herrlichkeiten: einen Topf mit Goldschmuck, zu oberst die wundersame Schale. Diese legt sie zur Seite und betrachtet das kostbare Metall mit hochroten Wangen:
„Wie das prunkt und lockt! Zwei Stämme hat der gleißende Dämon beinahe vernichtet! Welches Unheil wird er noch stiften und bringen, wenn ich nicht... Ich habe die flackernden Augen Warwins gesehen, und auch mein Vater hat verlangend darnach geblickt! Mir scheint, dass sie schon in seinem Bann stehen. Ich will sie davon erlösen! Fort mit dem Metall des Todes!"
Sie hebt das Gefäß — mit zitternden Armen. Da kräuselt das Wasser auf — Gold, herrliches Gold flimmert im Mondenschein, flimmert noch ... unter der Fläche ... flimmert und verflimmert.
Ein leiser Nachtwind weht das Fahrzeug unmerklich nach Osten. Und dort sitzt Withura mit aufgelösten Haaren, totenblass: „Der Schatz ist für immer verloren."
Wie träumend hebt sie die goldene Schale empor! Wie sie flammt und leuchtet!

„Für diese Schale hat Taran sein Weib verkauft. Ich sollte sie vernichten! Aber ist es nicht schade um das herrliche Kleinod? Nicht um das Gold, aber um die Kunst! Sie allein soll nicht in die Hände Schahatans gelangen — ich will sie aufheben!"

Withura fährt zurück, bindet den Einbaum wieder fest und huscht über die Brücke nach dem Urwalde, weit, weit hinein. Dort, wo der Mond sein Märchenlicht durch die Urwaldriesen gießt, kniet sie nieder und reißt die Moosdecke zur Seite. Dann zieht sie einen Bronzekelt hervor und fängt zu graben an. Wie die Grube groß genug ist, legt sie die Schale hinein, den Topf zum Schutze darüber und wirft die Grube wieder zu. Die überflüssige Erde wirft sie weit fort und deckt die rohe Stelle mit dem Moose wieder sorglich zu. Ihr Werk ist getan. Zu Hause angekommen, legt sie sich nieder und schläft sofort den Schlaf der Gerechten.

Ein schelmisches Lächeln nur erzählt von ihren Träumen ...

Am Morgen entsteht eine gewaltige Aufregung:

„Der Schatz ist fort. Das Gold ist gestohlen!", schreit Warwin, und alles strömt um ihn zusammen, Groß und Klein.

„Was für Zeug sprichst du da?", fragt der herzugekommene Fürst.

„Der Schatz ist fort!"

„Nein! Er ist noch da!", ruft Withura.

„Wo? Wo?"

„Hier! Siehst du mich nicht?"

„Ja, dich sehe ich schon! Aber das Gold! Das Gold?"

Da hebt Withura den Arm und zeigt mutig in den See hinaus:

„Ich habe das Metall des Todes versenkt! Es hat genug Unheil gebracht unter den Jägern der Juraseen!"

„Withura! Withura! Bist du wahnsinnig?"

„Ja, küsse mir die Hand dafür!"

Warwin presst die Hände an die Schläfen und schaut in den See hinaus:

„Versenkt! — Verloren!"

„Es war höchste Zeit! Mir scheint, auch Warwins Seele ist schon vom Gold verdorben!"

„Withura! Warum hast du das getan?"

„Aus Liebe zu Warwin!"

Und da weint sie auf, wie ein kleines Kind; Warwin lässt die Arme sinken, betrachtet sie lange und — schließt sie endlich mit einem erlösenden Jubel in die Arme:

„Withura! Mein Goldschatz!"

„Der Goldschatz des Pfahlbauers ist die Treue!", sagt sie unter Tränen und nimmt ihn lächelnd bei den Händen. Auch der Fürst reicht ihr die Hand:

„Kleine Schlange! Du bist kühn, mutig und vielleicht — gescheit."

„Aber wisst ihr, ihr struppigen Bären: an meinem Hochzeitstag trinken wir doch aus der goldenen Schale!"

„Ah! Wo ist sie?", fragt hastig ihr Bräutigam.

„Kommt!"

Sie führt den Vater und Warwin in den Urwald hinein, weit, weit hinein:

„Da muss es sein! Halt, nein dort! Schahatan! Wo ist denn die Stelle? Ah, wir sind am falschen Orte — kommt dorthin! Tod und Verwesung!

Wo hab' ich meine Augen gehabt? Holen wir Leute, sie sollen uns suchen helfen ..."

Die Schale wird nicht mehr gefunden!

* * *

Unter der mütterlichen Pflege Giurdas erholt sich der blinde Fürst. Eines Tages ziehen sie aus nach ihrer Heimat, an den Jurasee. Giurda führt ihren blinden Mann voran. Auf einer Anhöhe machen sie Halt.
„Ich will dein Auge sein, Taran", sagt sie zu ihm, indem sie den Arm um seine Schultern legt. „Durch meine Augen wirst du sehen. Ah, seht, wie die Berge Cheluetiens leuchten, strahlend in der Abendsonne, wie Gold!"
Da drückt der blinde Fürst die Hand an seine Augenhöhlen: „Wie Gold! O Giurda! Wie Gold!"

* * *

Im Jahre 1906 wurden zwischen Zürich und Altstetten für die Schweizerischen Bundesbahnen Reparatur-Werkstätten erbaut. Am 17. Oktober stieß der Arbeiter Harri südöstlich derselben auf eine graue Masse, die er für einen zerbröckelten Stein hielt. Er schlug mit dem Pickel darauf, sah etwas glänzen und salzte das Ding mit der Spitze von unten an. — Ein Ruck, und in seinen Händen glänzte eine herrliche goldene Schale! Sie ist übersät mit geometrisch angeordneten, gleichmäßig ausgetriebenen Buckeln, zwischen denen stilisierte Tierfiguren, Sonnenkreise und Mondsicheln ausgespart sind. Die Metalldicke beträgt am oberen Rande 1 Millimeter. Sie ist 12 Zentimeter hoch, hat eine obere Spannweite von 25 Zentimeter und ein Gewicht (22karätig) von 150 Schweizer Napoleons. In nicht zu verkennender Großmut hat die Direktion der Schweizerischen Bundesbahnen nach Regelung der Finderansprüche das Prunkstück dem Schweizerischen Landesmuseum als Geschenk überwiesen.

Liebe Leserin, lieber Leser! Wenn Du einmal nach Zürich kommst, so versäume nicht, in der fein geordneten prähistorischen Abteilung des Landesmuseums die herrliche Kultur der heimatlichen Vorzeit eines Besuches zu würdigen. Und wenn du neugierig sein solltest, ob die Angaben dieses Buches über die goldene Schale stimmen, so wende dich vertrauensvoll an den freundlichen Direktor dieser Abteilung mit Hinweis auf dieses Buch und einem herzlichen Gruße vom Verfasser!